蒙娜之眼

MONA'S EYES

LES YEUX DE MONA

I

LOUVRE

I

羅浮宮

湯瑪士・謝勒斯 Thomas Schlesser／著

李沅洳／譯

時報出版

1 〈維納斯與美惠三女神向年輕女子贈送禮物〉
Vénus et les trois Grâces offrant des présents à une jeune fille
◎桑德羅．波提切利
（Sandro Botticelli, 1445-1510）
1475 年／ 1500 年（十五世紀末）

2 〈蒙娜麗莎〉 *La Joconde*
◎李奧納多．達文西
（Léonard de Vinci, 1452-1519）
1503 年／ 1519 年（十六世紀初）

3 〈花園中的聖母〉 *La Belle Jardinière*
◎拉斐爾（Raphaël, 1483-1520）
1507 年／ 1508 年（十六世紀初）

4 〈田園音樂會〉*Le Concert champêtre*

◎提香（Titien，約 1488-1576）

1500 年／1525 年（十六世紀初）

5 〈垂死的奴隸〉*Esclave mourant*

◎米開朗基羅

（Michel-Ange, 1475-1564）

1513 年／1515 年（十六世紀初）

6 〈波西米亞女郎〉*La Bohémienne*

◎弗蘭斯·哈爾斯

（Frans Hals, 1580-1666）

約 1626 年

7 〈有畫架與畫杖的畫家自畫像〉*Autoportrait au chevalet et à l'appuie-main de peintre*

◎林布蘭(Rembrandt, 1606-1669)
1660 年

8 〈天文學家〉*L'Astronome*

◎約翰尼斯．維梅爾
(Johannes Vermeer, 1632-1675)
1668 年

9 〈阿卡迪亞的牧人〉*Les Bergers d'Arcadie*

◎尼古拉．普桑(Nicolas Poussin, 1594-1665)
約 1638 年

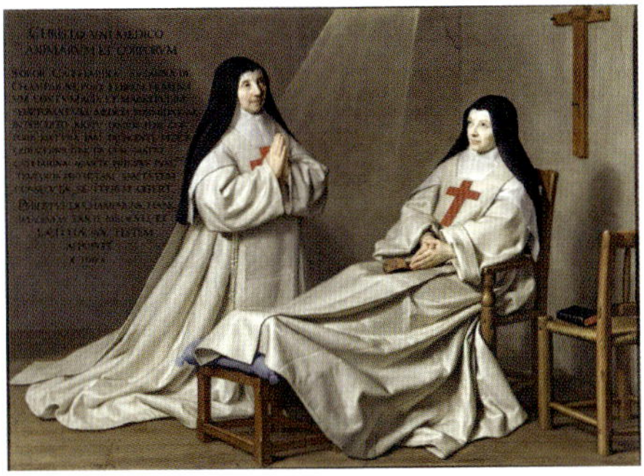

10

〈還願〉*Ex-Voto*

◎菲利普 · 德 · 尚佩涅

(Philippe de Champaigne, 1620-1674)

1662 年

11

〈丑角皮耶洛〉*Pierrot*

◎安托萬 · 華鐸

(Antoine Watteau, 1684-1721)

1718 年／ 1719 年(十八世紀初)

12

〈從聖馬可灣看堰堤〉*Le Môle, vu du bassin de San Marco*

◎安東尼奧 · 卡納萊托(Antonio Canaletto, 1697-1768)

1730 年／ 1755 年(十八世紀中期)

13

〈公園裡的對話〉

Conversation dans un parc

◎湯瑪斯・根茲巴羅

（Thomas Gainsborough, 1727-1788）

1746 年／ 1748 年（十八世紀中期）

14

〈有意思的女學生〉

L'Elève intéressante

◎瑪格麗特・傑哈爾

（Marguerite Gérard, 1761-1837）

約 1786 年

15

〈荷拉斯兄弟之誓〉 *Le serment des Horaces*

◎賈克—路易・大衛

（Jacques-Louis David, 1748-1825）

1784 年

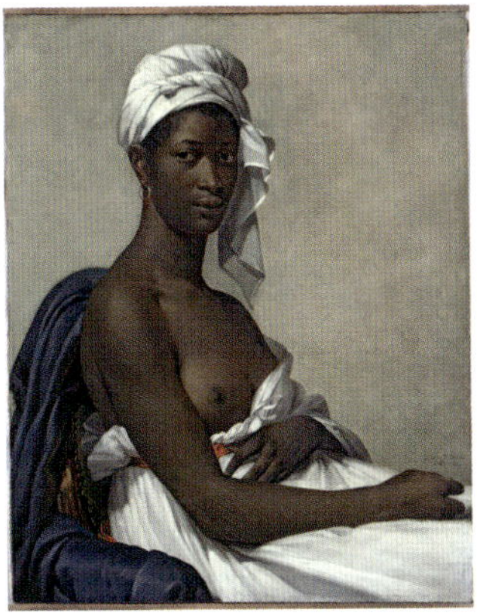

16 〈瑪德蓮的肖像〉
Portrait présumé de Madeleine
◎瑪麗—吉耶曼·伯努瓦
(Marie-Guillemine Benoist, 1768-1826)
1800 年

17 〈羊頭的靜物畫〉
Nature morte à la tête de mouton
◎法蘭西斯科·哥雅(Francisco de Goya, 1746-1828)
1808 年／ 1812 年(十九世紀初)

18 〈烏鴉之樹〉*L'Arbre aux corbeaux*
◎卡斯帕·大衛·弗里德里希
(Caspar David Friedrich, 1774-1840)
約 1822 年

19 〈以河流及海灣爲背景的景觀〉

Paysage avec une rivière et une baie dans le lointain

◎威廉·透納(William Turner, 1775-1851)

約 1845 年

獻給全世界的祖父母

第一部 羅浮宮

I

LOUVRE

第一部——羅浮宮

序言
再也看不到任何東西

Prologue
N'y plus rien voir

一切都變暗了。猶如一件喪服。然後，到處都是閃光，如同雙眼在緊閉的眼瞼後方毫無意義地盯住太陽時產生的那些斑點，就像我們緊握拳頭抵抗痛苦或情緒時那樣。

當然，她完全不是這樣描述的。從一個稚嫩且不安的十歲孩子口中表達出來的苦惱，既沒有經過修飾，也不詩情畫意。

「媽媽，全都是黑的！」

蒙娜用哽咽的聲音說出這幾個字。是抱怨嗎？是的，但不僅如此。她不自覺地流露出一種羞愧的聲調，每次她的母親察覺到這一點，態度都會嚴肅起來。因爲，如果有什麼是蒙娜從來就不會假裝的，那就是羞愧。一旦羞愧駐足在一個字詞、一種態度、一種語調裡，一切就成定局了：一個令人不快的事實已經扎根。

「媽媽，全都是黑的！」

蒙娜瞎了。

似乎事出突然，沒有發生什麼特別的事情：她右手握著筆，左手夾著練習簿，乖巧地在桌子的一角做數學題，她的母親正把大蒜塞滿肥滋滋的烤肉。蒙娜小心翼翼地從脖子上取下一個礙事的吊墜，因爲這個吊墜在她的習作本上方晃動，而她已經養成駝背寫字的壞習慣。她感覺到自己的雙眼被一層厚重的陰影襲擊，彷彿是因爲這雙眼睛如此湛藍、如此圓大、如此純淨，這才受到懲罰。陰影不是來自外面，並非像夜幕降臨或劇院的燈光黯淡下來時所顯現的陰影；陰影是從她自己的身體、從內部攫取了她的視力。一塊不透光的桌布鑽進她的體內，將她與作業簿上的多邊形圖案、棕色的木桌、放在遠處的烤肉、繫著白色圍裙的母親、鋪著磁磚的廚房、坐在隔壁房間的父親、蒙特伊[1]的公寓、籠罩街道的秋日灰色天空以及全世界分開來。這個孩子受到了詛咒，陷入黑暗之中。

蒙娜的母親焦躁不安，她打電話給家庭醫師，困惑地描述了女兒被遮蔽的瞳孔，並在醫師的詢問下，明確指出她似乎沒有出現任何語言障礙或癱瘓。

「這聽起來像是AIT。」他說，但沒有想要更進一步做出判斷。

他要蒙娜立即服用高劑量的阿斯匹靈，但最重要的是緊急將她送到主宮醫院[2]，他會打電話請一位同業立刻進行治療。他不是偶然想到這位同業的：那是一名出色的小兒科醫師，也是一位聲譽卓著的眼科醫師，順帶一提，還是一名很有能力的催眠治療師。他推斷在正常情況下，這種失明狀態應該不會超過十分鐘，然後他就掛上電話，然而距離事發當時已經過了整整十五分鐘了。

在車上，小女孩一邊哭泣，一邊拍打太陽穴。她的母親拉住她的手肘，但在她內心深處，她也想要拍打這顆圓圓且脆弱的小腦袋，就像我們會敲打一台壞掉的機器，傻傻地期望它能重新發動一樣。而那位父親則開著他那輛搖晃不已的老舊福斯汽車，希望能揪出讓他小女兒生病的原因。他很生氣，確信廚房裡一定發生過什麼事，而且還瞞著他。他反覆思索所有可能的原因，從一縷蒸氣到重重一跤都有可能。但是，不，蒙娜說了無數次：

「突然就變成這樣子了！」

父親說什麼也不信：

「我們不會就這樣瞎了！」

然而，是的，我們也會「就這樣」變瞎了，證據就在此。而那個**我們**，如今就是蒙娜、她十年的人生與大量湧現的恐懼淚水——或許她期望這些淚水能洗去在這個十月的週日，當夜幕降臨時沾黏在她瞳孔上的煙灰。才剛抵達西提島上鄰近聖母院的醫院門口，她突然

＊本書註釋皆爲譯註。

1 蒙特伊（Montreuil），巴黎東郊的一個城市。

2 主宮醫院（Hôtel-Dieu）位於巴黎市中心的西提島（île de la Cité）上，是巴黎最古老的醫院。

停止哭泣並愣住了：

「媽媽，爸爸，我又看見了！」

她站在冷風颼颼的街上，前後搖晃著脖子，想要重新感受一切。就像被掀開的簾子，擋住她雙眼的遮蔽物也被揭起。線條重新出現在她眼前，接著是臉部的輪廓、近物的立體細節、牆壁的紋理，以及各種顏色從最明亮到最灰暗的所有細微差異。孩子認出她母親纖細的身影、她那如天鵝般細長的脖子與她纖瘦的手臂，還有她父親粗壯的胳膊。最後，她注意到遠處有一隻灰色的鴿子飛了起來，這讓她滿心喜悅。蒙娜一度失明，然後又重見光明。失明貫穿了她，就像一顆子彈穿透皮膚並從身體的另一側飛出去，當然，這會痛，但身體仍可自行癒合。她父親想著「這眞是個奇蹟」，他認眞地計算這次發作持續的時間：六十三分鐘。

主宮醫院的眼科部門在做完一系列的檢查、提供診斷與處方之前，是絕對不可能讓小女孩離開的。焦慮感確實稍稍壓下了，但並沒有完全消散。一名護士指著醫院二樓的一個診間，接到家庭醫師通知的小兒科醫師就在裡面。馮．奧斯特醫師是一名混血兒，而且年紀輕輕頭就禿了。他那件寬大的白袍閃閃發亮，與牆壁的病態慘綠色形成對比。他燦爛的笑容在臉上刻出許多快活的小皺紋，讓他看起來很和善；但他也承擔了許多悲劇。他邁步向前：

「妳幾歲啊？」他用因抽菸而沙啞的聲音問道。

*

蒙娜十歲了。她是獨生女，父母恩愛。母親卡蜜兒將近四十歲。她不高，留著一頭凌亂的短髮，聲音殘留著些許郊區工人特有的戲謔語調。她的先生曾說她的魅力在於她「略顯散漫」，但是她有著強大的決心，在她身上，無政府狀態與權威不斷交織在一起。她在一間派遣公司工作，是一名好員工，積極、勤勉。至少早上是如此。到了下午，那又是另一回事了。志工工作讓她精疲力竭，從孤獨老人到受虐動物，這所有的一切，都是值得投入的。至於保羅，他已經五十七歲了。卡蜜兒是他的第二任妻子，第一任則跟他的好友跑了。他打著一條領帶來遮掩衣領磨損的襯衫，是個忙碌的小舊貨商，尤其熱衷一九五〇年代的美國文化：自動點唱機、彈珠檯、海報……。這一切都源於他青少年時期收藏的心型鑰匙圈，他擁有的數量驚人，但他不想賣掉，反正也沒人對這些東西感興趣。隨著網路的發展，他那隱身在蒙特伊的店鋪差點就要關門了。於是他發揮專業，也開設了一個網站，除了不斷更新，還翻譯成英文。儘管他沒有什麼商業頭腦，但他靠著一群忠實的收藏家，經常能逃過破產的命運。去年夏天，他修復了一台葛特利柏於一九五五年出廠的「許願井」彈珠檯[3]，從中賺進高達一萬歐元。在經過數個月的斷糧之後，這筆交易來得正好……，接著他又再次一無所有。有人告訴他，這就是危機。保羅每天在店裡喝掉一瓶紅酒，然後將瓶子當作戰利品，擺在一個因馬塞爾・杜象而得以流傳後世的刺蝟造型瀝水架上。他獨自舉杯，無法怨恨任何人。他在心中向蒙娜敬酒，願她身體健康。

*

當護士帶著孩子穿過迷宮般的醫院去接受各種檢查時，馮・奧斯特醫師安坐在一張巨大的扶手椅裡，向保羅和卡蜜兒做出了第一次的診斷：

「AIT，或稱爲暫時性腦缺血。」

這意味著血液暫時停止流向器官，現在要做的是確認發生這種功能障礙的原因。但是，他接著說，蒙娜這個案例把他難倒了：一方面，這種失明在她這個年紀的小女孩身上極爲罕見，他認爲這很嚴重，因爲她的雙眼都受到影響，而且發作時間持續超過一個小時；另一方面，她卻完全沒有喪失行動與說話的能力。核磁共振或許能顯示更多可能的原因，但他尷尬地補充說必須做最壞的打算。

蒙娜被迫躺在一個平台上，置身於一台恐怖的機器裡，完全不能動彈。有人要求她取下吊墜，但她拒絕了。這是一條用釣魚線做成的細項鍊，上面有一個小貝殼，這條會給她帶來好運的項鍊曾是她祖母的。她一直戴著，而且她鍾愛的「爺耶」[4]也戴了一條相同的項鍊。她認爲這兩個幸運物將他們彼此連結起來，她不想要有與祖父分離的感覺。由於吊墜不含金屬，所以她獲准繼續戴著。然後她的腦袋，她那顆頂著一頭黃褐色光澤的齊肩棕

3 「許願井」彈珠檯（Wishing Well）由彈珠檯大廠葛特利柏（Gottlieb）生產。

4 原文爲 Dadé，爲蒙娜對母親卡蜜兒的父親亨利（即外祖父）專屬的暱稱，帶有孩童的親暱語感。由於法語中不區分內、外祖父母，全書以「祖父」「爺爺」爲統一稱謂；中文翻譯採用「爺耶」一詞，以傳達 Dadé 的童趣語氣。

髮、配上一張可愛圓嘴的漂亮腦袋，就被一個像吃人妖怪般的箱子包圍住，箱子裡還迴盪著工廠的噪音。這場酷刑持續了十五分鐘，蒙娜不斷地爲自己哼歌，她要對抗這個困境，要爲這具棺材注入一點幽默與活力。她爲自己唱了一首有點多愁善感的搖籃曲，這是她母親從前爲她蓋被子時哼給她聽的；她爲自己唱了一首流行歌曲，這首歌的旋律在各超市反覆播放，她很喜歡這個廣告片，片中有許多抹髮油的年輕男孩；她爲自己唱了那些盤旋在腦中的廣告片頭曲；她也爲自己唱了〈一隻綠老鼠〉[5]，用以紀念那天她吼叫著歌詞，試圖激怒她的父親，但並沒有成功。

核磁共振的結果出來了。馮・奧斯特醫師通知卡蜜兒與保羅前來，並趕緊請他們放心。沒有任何異常，眞的什麼都沒有。在切面影像上，大腦的解剖圖顯示這些區域很均勻，沒有發現腫瘤。也進行了其他檢查，同樣一無所獲。一整個晚上，從瞳孔深處到內耳都檢查了，還包括了血液、骨頭、肌肉、動脈。沒有任何異狀。暴風雨後的寧靜。這場暴風雨曾經發生過嗎？

隱藏在主宮醫院走廊裡的一座時鐘顯示現在是清晨五點。卡蜜兒腦中浮現出一首兒歌的畫面。她疲憊地向丈夫吐露，這就好像是有一個邪惡的生物偷走了蒙娜的雙眼，然後又還給了她。保羅補充說，這就像是它搞錯了受害者，或者就像是它發出的一個訊號、一種警告，而且準備好要再次出手，兩人都默默地如此想著。

*

操場上，鐘聲響起。一群孩子在哈吉夫人的引導下到了三樓。這名老師告訴這群小學五年級[6]的學生，在萬聖節假期結束前，他們都不會再見到同學蒙娜。她剛剛收到卡蜜兒的通知，卡蜜兒在電話中盡可能詳述了那個恐怖的夜晚，沒有隱瞞事情的嚴重性。當然，孩子們也提出了問題。他們想知道蒙娜是否獲准比大家提早一週放假。

「她不太舒服。」老師只說了這麼一句話，但顯然這個解釋並不讓人滿意。

5 〈一隻綠老鼠〉（Une souris verte）是一首法國童謠，十七世紀末或十八世紀初時出現。

6 法國的小孩六歲進小學，小學要讀五年，最後一年稱爲「中級班第二年」（cours moyen deuxième année, CM2），相當台灣的小學五年級。之後進入中等教育的第一階段，相當於台灣的國中，但是要讀四年。

「不太舒服。運氣眞好！」坐在第三排的迪亞哥大喊，他尖銳的聲音獲得了全班同學的贊同。

因爲大多數的孩子認爲生病就是通往自由的祕咒……

教室後方，就在布滿粉筆灰的窗簾旁，莉莉與婕德這兩個蒙娜最好的朋友，好到對她的房間瞭若指掌，她們更是羨慕得直流口水。啊！她們多想要跟她一樣啊！「不太舒服」？是啊，好吧，莉莉想到，但是，可以確定的是，這幾天她一定會在她父親的舊貨店裡度過。而婕德，她的目光轉向蒙娜留下的空位，開心地想像自己陪著蒙娜，在那間塞滿老物件的簡陋房間裡，發明各式各樣的遊戲和故事，這些老物件散發著美國的氣息——這些亂七八糟的小東西絢爛、有趣、神祕，讓孩子們充滿了幻想。但是莉莉不贊同：

「不，不對，她生病時，都是她的祖父『爺耶』來照顧她的，我啊，我怕他。」

婕德擠出一絲嘲笑，表示沒有什麼能嚇到她，尤其是蒙娜的祖父。然而，在這個小女孩的內心深處，她承認：是的，在這名高大、瘦削、臉上有疤、聲音如金屬般深沉的老人面前，她也沒有比較自在……

*

「喂？爸爸，是我。」

當四肢麻木的卡蜜兒決定打電話給她父親時，已經是中午了。亨利．維耶曼拒絕使用手機，他總是用座機接電話，並回以一個簡短、乾巴巴、強硬的「是」，聽起來一點也不熱情。他的女兒很討厭這個儀式，每次都很懷念她母親還在世時，接聽電話的那一刻。她一字一句地說。

「爸爸，我必須跟你說，昨晚發生了一件可怕的事。」

她從頭到尾把事情講了一遍，同時試圖控制自己的情緒。

「所以呢？」亨利有些不耐煩地問道。

然而，卡蜜兒在敘述時一直強忍著淚水，強烈的啜泣使她的身體起伏不定，讓她窒息。

她無法回答。

「親愛的，所以呢？」她父親催促她。

這個意想不到的「親愛的」爲她帶來了一縷新鮮空氣。她吸了一口氣，鬆口道：

「沒事！目前什麼事都沒有，我想是還好。」

然後，亨利長長地舒了一口氣，接著仰起脖子，抬頭看著天花板上那些有著豐滿果實、枝葉與春天花朵等歡愉圖案的裝飾線條。

「讓我跟她講講話。」

但是，蒙娜蓋著紅毯子，蜷縮在客廳的扶手椅上打瞌睡。

詩人奧維德[7]將意識入睡的階段描述成進入一個巨大的洞穴，洞中住著一個疲倦、無精打采的睡眠之神。他想像那是一個太陽神菲比斯[8]無法進入的洞窟。蒙娜曾聽她的祖父說，對人類來講，沒有什麼旅程比前往這些神祕且多變的地域更常見了……。所以，最重要的是不要忽視這些我們在一生中不斷前往的土地。

*

接下來幾天，馮．奧斯特醫師在主宮醫院進行新的檢查，但一直沒有找到特別的異常狀況。這六十三分鐘的失明仍無法獲得解釋，導致醫師現在也不願使用「暫時性腦缺血」

這個稱呼了，因爲這個稱呼意味著血管有缺陷，但他不再這麼確定了。由於缺乏明確的診斷，他建議蒙娜還有她的父母運用催眠。這個主意讓保羅暗暗吃了一驚。至於小女孩，她不太確知那是什麼意思。這個詞讓她想起曾在學校隱約聽過的「圍巾遊戲」[9]，這讓她非常的害怕。馮．奧斯特解釋說，爲了矯正這個錯誤的感知，他要讓蒙娜進入催眠狀態，使她暫時處於他的影響之下。這個過程會讓她回到過去，引導她回到視力喪失的最初時刻，讓她重新體驗這一切，這樣就有可能找出原因。保羅反對。絕對不行，這很危險。馮．奧斯特並沒有堅持，因爲想要有效催眠一個孩子，就必須獲得這個孩子完全的信任。然而，由於蒙娜的偏見和她父親充滿怒氣的過度反應，現在整個情勢變得很棘手。至於卡蜜兒，她什麼也沒說。

馮．奧斯特還爲這名小患者制訂了一套常規的醫療方案：每週都要驗血與量血壓、要

7 奧維德（Ovide，西元前四三年至西元前十七年），古羅馬時代的詩人。

8 羅馬神話中的菲比斯（Phébus）相當於希臘神話裡的太陽神阿波羅（Apollon）。

9 一種在歐美校園中流行的危險窒息遊戲。

去看眼科醫師、要進行爲期十天的復健治療。他也敦促保羅和卡蜜兒要密切注意「所有跟病症有關的主觀症狀」，這意味著他們必須非常關注女兒的感受。對此，他建議去諮詢兒童心理醫師：

「這比較像是日常的預防，而不是嚴格意義上的治療。」他如此保證。

保羅和卡蜜兒困惑地記下他的囑咐，但實際上，只有一個疑問糾纏著他們：「蒙娜是否總有一天會失去視力？」奇怪的是，馮・奧斯特醫師從未提及任何永久性復發的威脅，而且，儘管這對父母對此感到煩擾，但他們寧可避開這個話題。他們甚至告訴自己，畢竟，如果醫師迴避這個話題，那是因爲沒有理由去談論。

亨利・維耶曼則直接跟他女兒談這件事。他不是那種會逃避問題的人，即使這些問題非常棘手。他通常很少打電話，除非是想要聽蒙娜的聲音，但是那一週他打電話的次數變多了。他用溫暖、熱切的聲音騷擾著卡蜜兒：他親愛的小孫女、他生命中的寶藏，會不會變瞎？亨利還堅持要見蒙娜，而卡蜜兒於情於理都無法拒絕。她建議他在星期日萬聖節那天來，也就是失明事件發生後一週。保羅猜到了談話內容，他暗自認命，幾乎一口乾掉一杯澀口的勃根地葡萄酒。在他岳父面前，他覺得自己愚蠢至極。不過蒙娜得知這個消息後，卻興奮得直跳腳。

這位祖父，儘管年事已高但精力充沛，她很愛他。她也熱愛觀察每個與他擦身而過的人如何被他高大的身影、厚重的方框大眼鏡所迷住。有他的陪伴，她覺得自己受到保護，而且是非常愉悅的。亨利總是試著以成人的方式跟她講話，正是她要求這種不對等的關係，而且樂在其中。她從不害怕自己的無知，對錯誤和誤解總能一笑置之，因爲她反過來會注意自己的措辭，這顯然更像是一種遊戲，而不是一種挑戰。

亨利不希望把她變成一隻聰明的小猴子，他也不想要成爲那種刻板印象中祖父形象的人，那些人不斷挑剔青少年的錯誤，並用學究般的口氣糾正他們。這不是他的本性。他從不幫她做作業，也不干涉她的成績。再說，他非常喜愛蒙娜的表達方式。而且，更令他著迷的是她鋪陳句子的方法。爲什麼？關於這一點，他沒有答案。他無法理解。他總是對她童言童語中的某種東西感到著迷、困擾。是某種額外的元素，或是缺少某種無以名之的東西？是長處或是缺陷？這個印象並非最近才有，因此更令人不安：蒙娜說話時如同「小樂曲」般特殊的韻律，總是藏著一種謎樣的氛圍，亨利決心總有一天要透過聆聽來解密。

卡蜜兒有時會承認，她對這個她認爲「好得不像眞的」的關係感到吃驚，但她覺得這樣非常好，而且她的女兒對此也很開心。再說，亨利欣然引用維克多．雨果的《祖父樂》[10]，提醒任何願意聆聽他說話的人關於傳遞的主要原則之一：不論我們是否能立即了解別人所說的一切，彷彿每個生字都已經是大腦這片巨大果園裡一棵茁壯成長的樹，這都不重要。只要畦溝已開好、種子已播下，時間到了自然就會孕育而生。

這些畦溝和種子，在亨利．維耶曼身上就是一連串豐富且確切的字詞，從第一聲語調開始就吸引我們，讓我們再也無法移開注意力；這是一種非常簡潔的用語，但涉及的層面是如此廣泛，令人無比愉悅；這是說書人的朗誦方式，通常是先加速，然後放慢，接著賦予溫柔情感的色彩。他就像一台擁有世俗經驗、博學但低調的壓路機，強大且影響深遠。

因此，跟這位「爺耶」的關係就顯得很不同。從祖輩到孫輩、從孫輩到祖輩，有時會產生一種神奇的羈絆，這是因為長者藉由某種生命曲線，從老年這個頂峰重回年少的感覺，而且比任何人都更能抓住生命的春天。

亨利．維耶曼住在勒德呂—羅林大道[11]上一間漂亮的公寓裡，就位在畫家小館[12]上方，那是一間狹窄、以木頭裝飾、仿新藝術[13]風格的餐廳，他每天早上都會去那裡，按慣例喝杯咖啡、吃塊可頌、閱讀大報、到處跟顧客及休息中的服務生聊天。他感覺與舊世界有一種連結，而且會儀式性地慢慢踱步到巴士底廣場[14]，看看法布—聖安托街[15]上那些櫥窗裡的家具，接著沿理查—勒努瓦大道[16]的中央分隔島走到共和廣場[17]，然後返回伏爾泰大道[18]。傍晚，他會在家裡翻閱堆到天花板高的藝術書籍。亨利比戴高樂將軍[19]略高一公分，他不用腳凳、也無須矮梯就能觸及最難碰到的地方，而且更巧的是，那裡往往就是最能吸引他注意的地方。他的記憶力驚人，不過還必須區分他願意談論所擁有的知識，以及他謹慎維護的個人回憶。蒙娜知道規則。她祖父唯一的禁忌，就是不能提及七年

10 維克多．雨果（Victor Hugo，一八〇二—一八八五），法國大文豪，《祖父樂》（*L'Art d'être grand-père*）是他於一八七七年發表的詩集。

11 Avenue Ledru-Rollin

12 Bistrot du Peintre

13 新藝術（Art nouveau）是十九世紀末至二十世紀中期流行於歐美的藝術風格。

14 Place de la Bastille

15 Rue du Faubourg-Saint-Antoine

16 Boulevard Richard-Lenoir

17 Place de la République

18 Boulevard Voltaire

19 戴高樂將軍（Charles de Gaulle，一八九〇—一九七〇），法國政治家暨軍事家，二次大戰期間領導自由法國贏得戰爭，曾任法國總統。

前讓他變成鰥夫的柯蕾特．維耶曼。卡蜜兒與她父親一樣，對此也閉口不提。儘管孩子時而試圖開啟話題，但總是獲得異常沉默的回應。柯蕾特，我們從不談她，而這個禁忌唯一的例外，就是亨利將幸運物掛在脖子上，用以紀念他過世的妻子。這個掛在釣魚線上的漂亮小蟹守螺，是一九六三年的夏天，他跟她一起在蔚藍海岸撿到的。他已經不記得確切是哪一天了，但他記得那天很熱，而且他向柯蕾特發了很多誓言。蒙娜，正如我們所知，也戴了一條相同的吊墜，那是從她祖母那裡繼承來的。

我們都有自己發誓的方式。亨利．維耶曼是以「世上所有美好的事物」起誓的。這種表達方式讓蒙娜感到驚訝，她聽到這句話的時候，一貫地聳聳肩，露出一絲困惑的微笑：世上所有美好的事物，這可以是一切，也可以是什麼都不是。再說，她想知道，她景仰的祖父是不是也包含在內。亨利年輕的時候顯然很有吸引力，而且現在依然威嚴、迷人、引人注目，他那八十多歲的面容削瘦、突出，渾身散發出一股極為迷人的活力與智慧。但是他的臉上有疤，一道疤痕劃過他的右臉，從顴骨下方一直到眉毛。這個傷口一定很痛，它不僅扯掉一道皮膚，還扯下一塊角膜。這是戰爭的紀念品，是一段可怕的回憶：一九八二年九月七日，他在黎巴嫩為法新社從事新聞攝影時，被一名意圖阻止他前進的長槍黨人[20]刺了一刀，當時他就快抵達夏提拉難民營[21]了。傳言那裡發生了大屠殺，那裡的巴勒斯坦難民未經審判就被任意處決，爲的是報復巴席爾·賈梅耶[22]總統被暗殺一事。他想要證實、想要見證，但是不人道的暴力阻擋了他的去路。亨利流了很多血，還失去一隻眼睛。他的這個殘疾，再加上高大的身材以及多年來日益明顯的清瘦，使他的外表有一種難以言喻的氣息。這位酷似艾迪·康斯坦丁[23]的英俊記者已經成爲傳奇人物。

*

萬聖節那天，蒙娜的狀況很好。她的父母努力讓十一月沉悶的氛圍變得愉快。婕德和

20 黎巴嫩長槍黨（Phalange）是成立於一九三六年的基督教右派政黨。

21 夏提拉難民營（camp de Chatila）位於黎巴嫩首都貝魯特市中心，裡面接納許多巴勒斯坦難民。

22 巴席爾·賈梅耶（Bachir Gemayel，一九四七—一九八二），黎巴嫩長槍黨的領袖。一九八二年，當時黎巴嫩還身陷內戰並遭多國部隊占領，他當選總統，但尚未就任就遭刺殺，導致以色列直接入侵貝魯特，引發長槍黨對夏提拉難民營的大屠殺。

23 艾迪·康斯坦丁（Eddie Constantine，一九一七—一九九三），美國歌手暨演員，在法國發展他的職業生涯。

莉莉這兩位好友過來看了一段《玩具總動員》，這部動畫片的主角是有生命的玩具。她們雖然鬧哄哄，但是很乖巧。尤其是婕德，是一個調皮、漂亮的小女孩，有著歐亞混血兒非常機敏的眼神、黝黑的皮膚、精心梳理的秀髮。然而她有一個令人訝異的嗜好，就是扮鬼臉。她知道如何讓勻稱的臉變形成一座流動且瘋狂的戲院，奇特滑稽的表情活脫脫就像是狂怒的演員一樣。蒙娜總是開心地要求她扮更多的鬼臉。

晚上七點，對講機響了。保羅抿唇挑眉。卡蜜兒按下按鈕：「爸爸？」的確是他，準時抵達。保羅向他打過招呼後，就陪著婕德和莉莉回家，這段時間就只有蒙娜、她母親與她祖父共三人一起在家裡。在一陣難以抑制的喜悅後，小女孩（她沒有向兩位朋友說出不幸的經歷）開始詳述那六十三分鐘的苦難，以及在醫院忍受的種種檢查。卡蜜兒沒有打斷她。

亨利一邊聽蒙娜滔滔不絕地說，一邊冷眼審視這個孩子居住的地方，甚至連她的房間也不放過。儘管房裡有不值錢的迷人裝飾，不過對他來說卻顯得非常淒涼。這款帶有花環圖樣的壁紙、這些鑲著亮片的心型或動物形狀的小飾品、這些粉色或棕色的絨毛玩具、這些剛脫離青春期的明星拍攝的可笑海報、這些塑膠製的首飾、這些模仿卡通片裡的公主的家具……。這團混亂的濃烈色彩掐著他的脖子。整體流露出一股低俗的品味，只有兩個美麗的漏網之魚。首先是一盞一九五〇年代的美製工業風電燈，堅固、附有活動臂，是保羅在舊貨市場找到的，他將這盞燈送給蒙娜並固定在她的小寫字檯上。然後是床鋪上方一幅框起來的展覽海報，那是一幅複製畫，散發出極其微妙、色調冰冷的色彩。這幅畫描繪的是一名裸女，她坐在一張鋪著白色織布的凳子上，側身前傾，左腳踝放在右膝蓋上。在某個角落，我們可以讀到：「巴黎奧塞美術館—喬治・秀拉[24]（一八五九—一八九一）」。

儘管有這些美麗的東西，亨利還是得出一個令人苦惱的結論，那就是出於方便，童年時光多半充斥著無聊與醜陋的物品，蒙娜也不例外。美，真正的藝術之美，只能悄悄地潛入她的日常生活。亨利注意到這絕對是正常的：品味的提升、敏銳性的建構，這些都是稍長之後才發生的。只是蒙娜幾乎就要失明了，而這個想法讓他窒息。再說，如果她的雙眼在未來幾天、幾週或幾個月之內永久失去光輝，她能帶入回憶深處的只有對虛華事物的記憶。一生都在黑暗之中，精神上必須面對世界最糟的一面，無法擺脫這些記憶？不行，這

24 喬治・秀拉（Georges Seurat，一八五九—一八九一），法國後印象派及新印象派畫家。

太可怕了。

令他女兒惱火的是，晚餐時，亨利不發一言，顯得很冷淡。蒙娜終於上床睡覺後，卡蜜兒果斷地將老式鍍鉻自動點唱機的音量調高，柯川[25]吹奏的薩克斯風從點唱機流瀉出來，遮掩了交談聲，確保小女孩什麼都聽不到。

「爸爸，蒙娜目前似乎還能接受……（她猶豫著要用什麼字眼）……發生的事情。但是醫師建議要去看兒童心理醫師。這對她來說可能很奇怪，我想知道你能不能帶她去，只是爲了讓她感到安心……」

「心理醫師？這眞的能阻止她變瞎嗎？」

「問題不在這裡，爸爸！」

「我相信問題就在這裡，而且只要你們不敢問醫師這個問題，就會一直是個問題！那個醫師叫什麼？」

「馮·奧斯特醫師，而且他人非常好。」保羅笨拙地插進對話裡。

「爸爸，等等。」卡蜜兒繼續說，「聽著，保羅跟我會盡一切努力不讓蒙娜出事，你有聽到我說的嗎？但是她已經十歲了，我們不能假裝她沒有經歷過任何事。醫師說她的心理平衡是首要之務。所以，我只是想知道你是否願意做這件事，因為我知道蒙娜信任你。你明白嗎？爸爸。」

亨利很明白。但是，就在那一剎那，他的腦中瞬間閃現一個璀璨的想法，但他小心翼翼地保留著不說。他不會帶他的孫女去看兒童心理醫師，絕不……。他會讓她接受另一種完全不同性質的治療，這種治療能彌補她年幼時大量接觸的醜陋。

蒙娜全心信任他，勝過她對任何其他成年人的信任，蒙娜必須陪他去保存了這個世界最美麗、最有人性之事物的地方：她必須陪他去博物館。假如有一天，蒙娜不幸永遠失明了，至少在她大腦深處能擁有某種儲藏庫，可以汲取絢爛的視覺寶物。這位祖父打算這樣執行他的計畫……一週一次，按照一套既定的儀式，他會牽著蒙娜，帶領她去思索一件作品。只要一件就好，首先是沉浸在長時間的靜默裡，讓色彩和線條的無盡樂趣滲入他孫女的心靈，然後用文字解釋，讓她能越過視覺愉悅的階段，去理解藝術家如何向我們講述生命、如何使生命發亮。

25 約翰・柯川（John Coltrane，一九二六—一九六七），美國黑人爵士薩克斯風手，是自由爵士樂的先驅。

因此，他爲他的小蒙娜想出了比醫師更好的法子。他們會先去羅浮宮，然後是奧塞美術館，最後去龐畢度中心。在那裡，是的，就是在那裡，在這些肩負保存人類所能給予最大膽、最美麗之事物的地方，他將會爲他的孫女找到力量。亨利不是那種脫離現實的藝術愛好者，那些人本身感興趣的，只是拉斐爾畫筆下的肉體光澤，或是竇加炭筆下的線條韻律。他喜歡這些作品近乎煽動性的特質。有時，他會說：「藝術，不是煙火，就是一陣風。」而且他很喜歡一點，那就是無論就整體或就細節來說，一幅畫作、一件雕塑、一張照片都能激起存在的意義。

從卡蜜兒向他尋求協助的那一刻起，亨利就被數百個圖像包圍：〈蒙娜麗莎〉背後的岩石山體、米開朗基羅〈垂死的奴隸〉背後雕刻的猴子、〈荷拉斯兄弟之誓〉右方那位金色鬈髮的孩子驚慌失措的神情；哥雅〈羊頭的靜物畫〉裡那些奇怪的果凍狀腎臟；然後是羅莎·博納爾〈內維爾的耕作場景〉裡的土塊；惠斯勒在他母親的肖像畫中使用的蝴蝶狀簽名；梵谷筆下搖搖欲墜的教堂小祭壇……甚至是康丁斯基的用色、畢卡索的碎片或蘇拉吉的黑出晦冥[26]。這一切都湧現出來了，就像是有許多的符號在呼喚他，要求要被看見、被聽到、被理解、被喜愛。就像是一道防火牆，用來抵擋威脅蒙娜雙眸的灰燼。

亨利咧嘴而笑：

「明白了，我每週三下午會來帶蒙娜。從現在開始，就是我，而且只由我來負責這個心理學上的追蹤。這將是我們兩人之間的事情，好嗎？」

「你能找到一個不錯的人嗎？爸爸。你會尋求你那些老朋友的意見嗎？」

「所以原則上是同意了？我會負責這件事，不准問問題，也不要任何人的干預。」

「但是你不能隨便找一個兒童心理醫師，明白嗎？你要很謹慎。」

「妳相信我嗎？親愛的。」

「相信。」保羅萬分肯定地，不讓卡蜜兒有任何猶豫的機會。「蒙娜仰慕您、尊敬您，而且她愛您勝過愛任何人，所以是的，我們相信您。」

卡蜜兒聽到她丈夫不容置疑地這樣說，溫順地同意了，沒有多說什麼。亨利感覺他那隻完好的眼睛閃過一道些微濕潤的光芒。柯川的薩克斯風讓牆壁動了起來。蒙娜在喬治．秀拉的看護下，在她的房裡安睡著。

26 皮耶．蘇拉吉（Pierre Soulages，一九一九—二〇二二），法國藝術家，他創造出「黑出晦冥」（outrenoir）這個詞，全力探索黑色，被稱爲「黑色大師」。

1
桑德羅・波提切利
學會接納

1
Sandro Botticelli
Apprends à recevoir

巨大的玻璃金字塔讓蒙娜覺得很有趣。它傲慢地矗立在羅浮宮的石造陳列館中間，它輕盈的形狀、它的通透、它截獲十一月凜冽陽光的方式，在在都讓她著迷。她的祖父沒說太多話，但她看得出他的心情很好，因爲他以幸福的人才有的那種確切的溫柔，緊緊牽著她的小手，並靈活地擺動著雙臂。他的快活雖然無聲，卻以一種孩子氣的方式散發光芒。

「好漂亮的金字塔，爺耶！好像一頂大大的斗笠。」蒙娜一邊下評斷，一邊擠過廣場上成群的觀光客。

亨利看著她，微笑中還疑惑地撇了撇嘴，這讓他看起來怪怪的，小女孩咯咯地笑了起來。他們進入玻璃金字塔裡，通過安檢後，搭著手扶梯滑下來，最後來到一個與車站或機場幾乎沒有什麼不同的寬廣大廳裡，然後前往德農館。周圍的喧囂令人窒息。令人窒息，是的，因爲在大型博物館裡，絕大部分的訪客都不知道自己想要做什麼；他們會產生一種普遍的躊躇氛圍，他們會注入一股呆滯、猶豫、甚至有點困惑的氣氛。當這些地方大受歡迎時，這就成爲它們特有的缺點。

在吵雜聲中，亨利彎曲著他那雙瘦長的腿，跟他的孫女面對面講話。每次他有非常重要的事情要跟她說，他都會這麼做。他那如金屬般純粹且低沉的聲音蓋過了周圍的喧嘩。

彷彿全世界無意義的閒聊及煩人的喧鬧都被化爲寂靜。

「蒙娜，以後我們倆每週都會來博物館看一件作品——只有一件，僅此而已。我們周圍這些人喜歡一下子就看完所有的東西，他們迷失了，不知道如何管理自己的慾望。但我們更聰明、更理智。我們只會去看一件作品，首先什麼都不要說，要靜靜地看好幾分鐘，接著我們會討論它。」

「是喔？我以爲我會去醫師那裡。」（她想說「兒童心理醫師」，但不太確定這個詞。）

「告訴我，蒙娜，妳之後想去看心理醫師嗎？這對妳來說很重要嗎？」

「你說得好像是我自己想要去似的！任何地方都比那裡好！」

「好好聽我說，親愛的。若妳仔細觀看我們即將要看的東西，那我們就不需要去了。」

「眞的嗎？放棄去看……（她還是不會那個字，從而選擇了更簡單的措辭）醫師會很嚴重嗎？」

「不，不嚴重。我以世上所有美好的事物向妳發誓。」

*

穿過那些如迷宮般的樓梯後，亨利與蒙娜來到一間不大的展廳，很多人經過這裡，但幾乎沒有人會費心關注擺在那兒的作品。亨利鬆開他孫女的手，用無限的溫柔對她說：「現在，看著，蒙娜。花幾分鐘好好地看，真正的觀看。」

蒙娜膽怯地站在一幅損壞得很厲害的畫作前，這幅畫有多處嚴重裂開，碎片也遺失了，乍看之下傳達出一種變調且久遠的往日情懷。亨利也在看這幅畫，但他更注意的是他的孫女，他感覺到她的遲疑、她的困惑。她站在那裡，皺著眉頭，忍著有點尷尬的笑聲。他知道，即使面對的是文藝復興時期的傑作，一個如此活潑、好奇、敏銳與聰慧的十歲小女孩，也不會馬上陶醉其中。他知道，不同於一般的看法，想要洞悉藝術的深度，那是需要時間的，這是一種枯燥的練習，一點也不輕鬆有趣。他也知道蒙娜會配合，因爲這是他要求的，而且儘管她覺得尷尬，她還是會如同允諾過的那樣，仔細觀察形狀、顏色和材質。

圖像的呈現方式很簡單。最左邊可以猜出是一個噴泉，噴泉前面有四名年輕女子一字排開站著，她們都留著長長的鬈髮，看起來驚人地相似。她們挽著彼此的手臂，纏在一起，就像是一個用各種服飾點綴而成的人體花環：第一位是綠色和淡紫色，第二位是白色，第三位是粉紅色，第四位是橙黃色。這支色彩繽紛的隊伍給人一種向前行進的印象。在隊伍前面，也就是作品的右方，第五名年輕女子獨自站在素色背景前，她極為美麗，穿戴著一條華麗的吊墜和一件紫色的長袍。她看起來似乎也在向前走，彷彿正要去跟隊伍會合似的。此外，她向隊伍攤開某種布料，而穿粉紅色衣服的女子則小心翼翼地往裡面放了某樣東西。那是什麼？說不出來。那個物件已經被抹掉了。前景的一角還有一名金髮小男孩，側著身子，帶著微微的笑容。背景沒有任何裝飾，唯一能跟左邊噴泉相呼應的，只有右邊一根模糊不清的斷柱，它標記了場景右側的界限。

蒙娜按祖父的要求去做。但是，六分鐘過後，這已經太久了。在一幅褪色的圖像前待上六分鐘，這是一個不尋常且痛苦的考驗。於是她轉向祖父，用一種只有她才敢的放肆態度開口：

「爺耶，你這幅圖畫好破舊！你那一邊的臉，比起來好新……」

亨利看著這件作品以及它所有損毀的部分。他蹲了下來。

「妳最好是聽我說，而不是說些傻話……。妳說那是一幅『圖畫』！錯！首先，蒙娜，這不是一幅『圖畫』。這是我們所謂的『壁畫』。妳知道什麼是壁畫嗎?」

「我想我知道……但我忘了!」

「壁畫,就是我們畫在牆壁上的畫,它非常脆弱,因爲如果牆壁壞了,那麼畫作也會壞掉,而且隨著時間的流逝,牆壁會有很多地方風化……」

「爲什麼藝術家要在這面牆上畫畫?因爲這裡是羅浮宮嗎?」

「完全不是這樣。的確,藝術家可能會想要在羅浮宮畫壁畫,因爲羅浮宮是全世界最大的博物館,畫家想要將他的作品直接擺在這裡,讓它成爲這座宮殿的一部分,這是很正常的。但是,妳要明白,蒙娜,羅浮宮並非一直都是一座博物館。它成爲博物館不過是近兩百年來的事情而已。以前,這裡是一座城堡,是國王和宮廷裡的人住的地方。藝術家創作這幅壁畫時,是一四八五年左右。因此,他並不是爲羅浮宮的牆壁而畫的,他是爲佛羅倫斯一座別墅的牆壁而畫的。」

「佛羅倫斯(她不自覺地擺弄脖子上的吊墜)?我啊,這讓我想到你以前一位未婚妻的名字,在奶奶之前那個,是吧?」

「不曉得,但也不是絕無可能!現在聽我說一下。佛羅倫斯,這是義大利一座城市。

確切來說是在托斯卡尼，那裡就是所謂文藝復興的搖籃。在十五世紀（義大利人會說Quattrocento），佛羅倫斯極爲興盛。那裡大約有十萬個居民，由於商業和銀行的發展，這座城市很繁榮。而且妳要明白，宗教人士、政治高官、甚至是社會地位最高的一般公民，他們都想要好好利用自己的財富，並藉由支持同時代人的創作來展現自己的威望。這些都是很重要的贊助者。所以，畫家、雕塑家、建築師都會利用他們賦予的信任和資金來創作精美非凡的畫作、雕像或建築物。」

「我打賭它們都是黃金做的……」

「不完全是。中世紀確實有鑲滿金箔、非常漂亮的畫作。這提高了作品的價值，而且這也象徵了神聖的光芒！但在文藝復興時期，繪畫逐漸放棄燙金的絢爛效果，轉而尋求更眞實呈現我們所見到的，包括風景、臉部的特徵、動物、生物的運動、物體、天空與海洋。」

「人們喜歡大自然，對嗎？」

「就是這樣，人們開始愛上自然。但是妳知道，當我們說到大自然，我們說的不僅是從地上長出來的東西。」

「啊，那我們還會談什麼？」

「我們還會用抽象的方式談人性。人性，事實上就是我們內在深層的本質，包括黑暗面與光明面、缺點和優點、恐懼及希望。妳要明白，藝術家試圖改善的，正是這個人性。」

「要怎麼做啊？」

「如果妳耕耘妳的花園，妳就是在讓自然變得更好。妳讓它能夠充分發展。這幅壁畫試圖透過傳達一些非常簡單但至關重要的東西來讓人性變得更好，這些東西妳必須永遠記住，蒙娜。」

但是蒙娜想要惹惱這名老人，她摀住耳朵、閉上眼睛，彷彿不想聽也不想知道他會對她說什麼。幾秒鐘後，她偷偷睜開一隻眼睛來觀察他的反應。他若無其事地笑了笑。於是她停止了這個小把戲，集中起全部的注意力。因爲她感覺，在經過這幾分鐘漫長的靜默、沉思與討論之後，在短暫探索這幅受損的圖像之後，她的祖父終於要向她揭露那些深藏在心底的祕密之一了。

亨利示意她看向一塊有些褪色的區域，右側年輕女子的雙手似乎捧著某個物件。小女孩依言照辦。

「左邊這四名女子是維納斯和美惠三女神，她們都是慷慨的神祇。她們贈送了一份禮物給一名年輕女子，但我們不知道是什麼，因爲這幅畫有些地方剝落了。美惠三女神就是我們所謂的寓意，蒙娜。她們在眞實生活中並不存在，妳永遠不會遇到她們，但是她們代表了重要的價值觀。有人認爲她們代表了三個階段，這三個階段能讓我們成爲親和好客之人，也就是成爲眞正的人。這幅壁畫說明了這三個階段是多麼重要；它試圖讓這些價值觀深植在我們內心。」

「三個階段？什麼階段？」

「第一個階段是懂得如何給予，第三個階段是懂得如何回饋。在這兩者之間，還有一個階段，沒有它，什麼都不可能實現，它就像是某種拱心石，是承載著整個人性的拱心石。」

「哪個階段？爺耶。」

「注意看，右邊那個年輕女孩，她在做什麼？」

「你跟我說過，她運氣很好，因爲她收到了一份禮物……」

「沒錯，蒙娜。她收到了一份禮物，而這絕對是最根本的。**懂得接納**。這幅壁畫要說的，就是必須**學會接納**，就是人性若想要成就偉大且美麗的事物，就必須準備好去接受：

接受他人的善意、他人想要取悅的渴望，接受人性尚未擁有與尚未成爲的事物。接納的人永遠都會有回饋的時候，但是要能回饋，也就是說要能再次給予，就必須要先有接納的能力。妳懂嗎？蒙娜。」

「你說得好複雜，然而，是的，我想我懂……」

「我相信妳是懂的！而且妳看，如果這些女士是如此美麗，這個構圖是如此柔和且如此優雅，線條流暢，沒有任何的衝突與懷疑，那是爲了表達這個連續性、這條連結的重要性，它必須將人連結在一起並改善其本性：給予、接納與回饋；給予、接納與回饋；給予、接納與回饋……」

蒙娜不知道該說什麼。更重要的是，她不想要讓她的祖父失望。她已經在對話中耍過調皮，然後又保持沉默以免多說什麼太幼稚的內容，然而她很淸楚他是在對她講話，他帶她到這間偌大的博物館裡，是要讓她變得更成熟。此時，她只感受到一股糾葛，因爲這種成長的呼喚、這種探索新世界的陶醉感，都具有非凡的吸引力，更何況這是來自她所崇拜的亨利的召喚。但是，在她靈魂深處，已經有了一個可怕的預感，那就是我們所歸還的，我們將再也找不回來。而這份對童年消逝的遺憾，儘管遙遠，卻非常鮮明，這讓她很心痛。

「我們走吧？爺耶。走吧，壞傢伙？」

「好，蒙娜！走吧！」

亨利再次牽起蒙娜的手，他們緩步離開羅浮宮，不發一言。戶外，夜幕開始低垂。亨利並沒有忽略剛剛使他孫女感到困惑的情緒。但他斷然拒絕只為了確保一起度過的時光是美好、充實且迷人的，就去遷就他人。不，他很清楚，只有能承擔生活中的嚴酷，生命才有價值，而這些嚴酷一旦經過時間的篩選，就會顯現出一種珍貴且豐富的質地、一種美麗且有用的養分，讓生命成爲眞正有意義的生命。

再者，由於童年這個奇蹟，蒙娜的困惑沒有持續太久，她一邊輕快地走著，一邊哼著歌。在這種時刻，亨利從來就不會打斷她，而且這讓他相當的感動。快到家時，蒙娜突然停了下來，想到這個爲了不去看兒童心理醫師而同謀商議的謊言。她睜著那雙藍色的大眼睛，轉過那顆調皮的小腦袋，嘲笑他們對她父母施的詭計。

「爺耶，如果爸爸和媽媽問我醫師的名字，我要說什麼？」

「告訴他們，說他叫做波提切利醫師。」

2

李奧納多・達文西

對生活微笑

2

Léonard de Vinci

Souris à la vie

萬聖節假期很快就過去，蒙娜回到了學校。卡蜜兒提早在八點左右抵達，來到有頂棚的昏暗操場上，這裡能躲避討厭的秋雨。她把女兒交給哈吉夫人，快速地向她解釋恢復的狀況與既定的醫療追蹤，每週三還會固定去看兒童心理醫師。她堅持老師當然要注意蒙娜，但不用特別關注她，沒有什麼能把她與其他同學區分開來。

蒙娜很快就重回軌道，毫無怨言地追趕直接受詞補語的文法課程，以及跟三角形有關的數學課程。如同她的朋友婕德與莉莉，她也會留意坐在第一排的迪亞哥，因爲迪亞哥從不放過任何用他尖銳的聲音去惹老師生氣的機會，這讓這三個朋友非常開心。當哈吉夫人問是誰建造了艾菲爾鐵塔時，他像火箭般搶著回答，連舉手都沒有：

「巴黎迪士尼樂園。」

老師每次遇到這類愚蠢的行爲時，都會瞪大眼睛，從來就不知道這該算是糟糕的答案，還是成功的玩笑。其實，迪亞哥自己也不知道。

奇怪的是，蒙娜、婕德和莉莉在下課休息時反而最不自在，特別是當天氣不好的時候，所有的學生都必須擠在有頂棚的操場上，像沙丁魚一樣，沒有空間可以玩耍。這讓她們更容易碰到紀堯姆。他是誰？他是對面大樓裡另一名小五生，是個骯髒調皮的學生。紀堯姆有一頭漂亮的金色長鬈髮、假惺惺的溫柔和緊閉的嘴唇。他是留級生，在那些比他小一歲的同學之中顯得異常高大，看起來就像是被留在一群小學生裡的國中生，是校園生態裡某種異常的現象。他讓人感到害怕，因爲他有時很野蠻，一點小事就能讓他跳腳，變得具有侵略性。

蒙娜怕他，但覺得他很好看。週三中午，當她站在門口等祖父時，她遠遠地觀察他。他獨自蹲在那裡，用手掌拍打著地面。這很奇怪，他是在試圖壓死螞蟻嗎？十一月的巴黎校園裡會有螞蟻嗎？他像鬣狗般敏捷地抬起頭來，與蒙娜對視，蒙娜擔心自己可能會被當成間諜，驚慌得快要窒息，無意識地緊緊抓著吊墜。紀堯姆的表情看起來陰晴不定。他霍然起身，邁開大步走過來。蒙娜感覺到有一隻手臂抓住了她。她的祖父來了。

「日安，我親愛的！」

她從鍾愛的長輩那裡感受到無比的慰藉。

*

他們再次穿過透明的金字塔來到羅浮宮，蒙娜搭乘手扶梯深入博物館內部時，透過玻璃天棚看著十一月厚重的雲層以及敲打在玻璃表面的水滴。不知道爲什麼，她想到了一個巨大的瀑布，必須穿過這個瀑布才能鑽進一個洞穴裡，走向隱密與令人不安的深處。

「妳還記得我們上次看的嗎？蒙娜。」

「波提切利醫師。」她哈哈大笑。

「是的，沒錯，波提切利的〈維納斯與美惠三女神〉。今天我們要去看另一個跟妳同名的人。妳知道是誰嗎？」

「唔，知道啊，爺耶。」她用一種只有當孩子認爲我們該停止將他們當成孩子時才有的厭煩神情回答。「省省吧，我們說好妳要像大人一樣跟我講話！是〈蒙娜麗莎〉！」

他們手牽著手，來到羅浮宮最著名的展廳，那裡聚集了許多疲憊困惑的遊客，他們在尋找某種情感，但通常都找不到，因爲他們缺少了眞正有效的閱讀之鑰。亨利這樣想著。他知道，面對這幅被複製了上百萬次的名畫，每一次的期待都很巨大，而失望也同樣巨大。所以，沮喪的我們會自問，爲什麼它是最有名、最被賞識、最受讚譽的藝術作品？到底是什麼讓我無法理解它？滿腔熱情再次被澆熄。但亨利身爲一名熱衷的業餘愛好者，他對〈蒙娜麗莎〉及其動盪的歷史瞭若指掌。他知道這幅畫起初是由富有的佛羅倫斯布商弗朗切斯科．德爾．喬宮多[27]於一五〇三年委託李奧納多．達文西創作的，他請達文西為他的妻子麗莎．蓋拉爾迪尼[28]製作肖像畫（這幅畫因而得名「麗莎夫人」，簡稱為「蒙娜麗莎」）[29]，但是達文西從未交付這件作品，因為他認為畫作尚未完成。亨利知道，當國王法蘭索瓦一世[30]邀請達文西前往克洛呂塞城堡[31]定居時，這幅畫就隨其作者來到了法國。

---

27 Francesco del Giocondo，一四六五—一五四二。

28 Lisa Gherardini，一四七九—一五四二。

29 〈蒙娜麗莎〉這幅畫的法文名字是 La Joconde，是從義大利文 La Gioconda 翻譯過來的，「Mona Lisa」則是從英文翻譯過來的。「蒙娜」在義大利語為 Madonna，簡稱 Monna（或作 Mona），中文譯為「我的女士」，通常放在女性的名字前，相當於英語的「Madam」。所以，蒙娜麗莎的意思是「麗莎夫人」。這幅畫的另一個名稱是義大利語「La Gioconda」，這是喬宮多（Giocondo）的女性化拼寫。義大利語中，「gioconda」的解釋是「輕鬆的，無憂無慮的」，因此「gioconda」也可以指「無憂無慮的婦人」。由於她的微笑，此名稱便有了兩層含義。法語名為「La Joconde」同樣可以這樣解釋。

30 François Ier，一四九四—一五四七。

31 克洛呂塞城堡（Château du Clos Lucé）位於法國中西部，達文西在此居住並辭世（一五一六—一五一九），現為達文西博物館。

他知道，長久以來，這幅畫的評價與達文西的其他作品並無太大區別，直到一九一一年，它才開始染上傳奇色彩。那一年，羅浮宮的玻璃裝配工人文森佐．佩魯吉亞[32]趁著休館日偷偷留在館裡，取下了七十七乘以五十三公分大小的楊木畫板，將這幅寶貴的畫作藏在衣服裡帶回家，然後又帶到義大利。亨利也查閱了所有關於這幅肖像的最瘋狂假設，這些假設讓他相當惱火，例如，人們曾懷疑它是某種面具，後面藏著可怕的蛇髮女妖美杜莎，或者這是一名男性，甚至可能是變裝的達文西本人……。此外，還有人聲稱，這幅受到厚重防彈玻璃保護的畫作只是一個誘餌，是複製品，真正的原作被收藏在博物館的庫房裡。我們必須擺脫這些歇斯底里的想法，亨利希望蒙娜能夠不疾不徐地觀賞達文西的奇蹟之作，除了眼前的作品，其他什麼都不要去想。

這是一名坐著的女性半身像，呈現四分之三側身的角度，幾乎占據了整個畫面，她的左手擱在椅子的扶手上，椅子的其他部分則未被描繪出來。她的右手輕輕抓著左手腕，整個身體傳達出一種細微的旋轉感覺，這使她變得生動，不僅讓她融入空間，更給人一種時間感。她穿著一件深色的刺繡長袍，與她袒露的雙肩和臉龐的光亮皮膚形成對比。她的頭上蓋著一層薄紗，一縷中分的鬈髮垂到胸前。臉龐些微圓潤，臉頰結實，前額寬大，下巴小小的，鼻子尖挺，棕色的眼睛看向左側的觀眾，薄唇勉強彎起一絲微笑，眉毛被剃掉了。模特兒的背後有一道涼廊的矮牆，牆後展開的是一幅充滿奇幻色調的風景，距離彷彿非常遙遠。畫的左側有一條蜿蜒的道路穿越平原，平原上突然聳立著岩石山體。平原旁邊有一座湖泊，被地平線上巨大、險峻且極其陡峭的山嶽圍繞著。畫的右側也有山嶽，綿延鋪展著石頭、土地與流水，此外還有一個與蜿蜒道路相對稱的建築物，那是一座橫跨河流的五拱橋。

蒙娜的運氣很好，因爲她身材瘦小，所以沒有人敢在擁擠的人群中推擠她。尤其是當她筆直地站在作品前，耐心地用敏捷的雙眸掃視這幅畫時，她所展現出來的專注程度，就像〈蒙娜麗莎〉本身一樣吸引了大家的目光，以致於有些遊客最後偷偷拍下這名小女孩的

32 Vincenzo Peruggia，義大利人。

背影，小女孩正好就在這幅傑作的中心線上，與它融爲一體。守衛們也在想，爲何一個小女孩會如此仔細地檢視這幅畫，因爲參觀者通常只是快速地投以一瞥，就像看了旋轉木馬上的絨球一眼一樣，然後迅速地離開。

比起上週在波提切利的壁畫前，蒙娜在達文西的作品前稍微更容易沉浸於其中，但是十幾分鐘後，她還是屈服了。疲憊的她走回與她保持了一點距離的祖父身邊。

「那麼，蒙娜，妳看到了什麼？」

「你曾經跟我說，達文西發明了降落傘。但是他的天空卻完全是空的！」

「如果妳需要超過十分鐘才能明白這一點，那我眞的是不知道該說什麼了！」

「那是因爲我也在找那些藏起來的飛行器，因爲你曾跟我說他有設計過……」

「沒錯，這是眞的。達文西既是一位工程師，也是一名畫家。他向君主提供有償服務，改善對河川的控管、整治土地、強化城市抵抗敵人的防禦能力……。他充滿好奇且非常聰明，甚至因此而很仔細地研究人體，還解剖屍體，爲的是要了解人體的運作。」

「他一定讀過很多書……」

「妳要知道，一五〇〇年左右，就是達文西還活著的時候，書籍很稀少。印刷術才剛發明。他的書房裡有大約兩百本書，這已經算是很多了。但是他非常孤獨，他針對任何可能的主題，寫了成千上萬頁的紙張。歸根究柢，他寫的比畫的還多。我們知道他的畫作不會超過十幅。更何況我們也不確定它們是不是眞品。」

「那爲什麼我們到處都可以看到那幅畫？爺耶。我還記得奶奶吃早餐時會用一個大杯子，上面就有這個圖案。我認爲啊，這個杯子，我比較想要她把它留在櫥櫃裡。」

「那是爲什麼呢？」

「因爲早餐應該是很開心的。而這幅畫，它……它有點悲傷。」

「啊，是嗎？那是什麼讓它如此悲傷？」

「是它的背景……。它是灰暗的，而且它很空。」

「確實。但是等等。我跟妳說過，這是一幅古老的畫。遠景的這個風景顏色有點模糊，像舊報紙一樣變成棕色。原因很簡單，因爲用來保護顏料塗層的漆會隨著時間而磨損；它們會變髒，看起來就會有點傷感。但妳可以確定的是，這周圍的自然景致，包括山嶽、曲徑、這座大湖泊與寬廣的天空，一開始原本都是接近電光藍的。」

「電光？你在說什麼啊？爺耶。那個時候是點蠟燭照明的！」

「謝謝妳的告知，蒙娜……。但妳要知道，這並沒有阻止藝術家尋求能量來源。電能，就是一種能量，它可以產生熱、光和運動。喏，妳要記著，達文西同樣會在他的繪畫中尋求能量。爲的是要在妳身上產生力量。」

「在我身上？啊，眞有趣，因爲我們應該要在畫作前面保持靜止！」

亨利開始大笑，這讓她也跟著笑了起來。就在這時，此時此刻，他想要和她說說哲學家阿蘭[33]，還有他在《論幸福》[34]裡談到的觀點。阿蘭曾明確表示，那些努力追求幸福的人應該獲頒一枚公民獎章，因爲他們決心要展現出高興、滿足的態度，雖然有時需要刻意努力一下，但這種態度會傳遞給他人，正如一陣大笑能引起連鎖反應一樣。阿蘭認爲，追尋幸福並不僅是個人的發展與小型的個人主義追求，它還建構了一種政治美德。「讓他人快樂，這是一種義務」，他說。但是對蒙娜而言，這個應該是太複雜了。然而，這個重要的教導，達文西的〈蒙娜麗莎〉以它自己的方式傳達給她了。

「看，這個妳覺得悲傷的風景，其實是在動的，它被生命的能量所驅動，是一種原始的脈動。儘管如此，妳說得對，它確實令人不安，因爲沒有什麼是有秩序的。喔，右邊有座橋，但是沒有樹、沒有動物、沒有人。這個遠景略帶水氣，以大片的灰藍色天空爲主，顯得既壯麗又荒涼。年復一年，達文西非常有耐心地添加微量的透明釉料，也就是那些可以讓畫作更緊密、更有深度的透明顏料層。他一層一層地塗上這些釉料，花了很長的時間，因此他從未完成他的作品。這些塗層也爲整個畫面帶來了些微的振動感。這就是義大利文所說的 *sfumato*[35]。*Sfumato* 可以同時稀釋事物並將它們相互連結起來。」

「嗯，但爲什麼她要笑成那樣？總之，我覺得好怪！」

「她的笑容很輕微。在她背後，廣闊的風景就像是正在形成的宇宙，受到穿越它的紊亂能量的影響。這種紊亂令人著迷又使人焦慮。但是她的笑容恰到好處，沒有傲慢，也沒有優越感。她的笑容無限安詳、友善，而且她也邀請妳這樣做。」

「那麼，來吧，爺耶，我們才是要對她微笑的人！」

「我想妳已經明白了⋯⋯。達文西談到繪畫時，曾說繪畫會引起一種鏡像的感覺：一

33 原名 Émile-Auguste Chartier，一八六八—一九五一，筆名阿蘭（Alain），法國哲學家。
34 *Propos sur le bonheur*
35 意思是「暈塗法」。

個打呵欠的男人圖像會讓你打呵欠；一個好鬥的男性圖像會讓你變得好鬥。而一個微笑能令人放鬆的女性圖像，就是在邀請你也微笑。這就是他的繪畫試圖帶來的能量：要對生活敞開、對生活微笑，即使我們面對的是難以辨識、不甚了解的事物，是一個空虛且混亂的世界，因爲這是爲世界注入幸福的最佳方式，讓這份震撼人心且神祕的幸福不僅屬於那位靠著涼廊的文藝復興時期女性，而且還是全人類的幸福……」

因此，蒙娜也想要讓嘴角上揚。但是，她祖父解釋後的沉默、他展現出來的慷慨，以及他低沉嗓音所散發出來的那份美感（必須承認這一點），都讓她的心激動起來。她的情感湧現，一小滴淚水從眼瞼溢出，羅浮宮的光亮剎時模糊了起來。

3
拉斐爾
培養超脫的態度

3
Raphaël
Cultive le détachement

雖然時間很晚了，但是蒙娜睡不著。廚房裡傳來混亂的喧鬧聲，讓她無法入眠。一聲響亮的碰撞聲響起，幾秒鐘後，她聽見母親乾澀的聲音穿牆而來。

「該死，保羅，這實在令人無法忍受！」

蒙娜溜下床，透過微開的門縫偷看。卡蜜兒剛發現她的丈夫癱倒在餐桌上，右手抓著酒杯，腦袋旁散落著一堆充滿行列與數字的紙張，彷彿被一陣狂風吹過似的。一隻瓶子從桌子滾落，重重砸在地面的聲音引起了她的注意。在舊貨店裡，保羅至少還能將這些瓶子掛在他那生鏽的刺蝟上，不會掉到地上或打碎。

卡蜜兒很不滿，因爲他沒有向她求助，反而喝得頭昏眼花，甚至醉倒了。讓保羅經常藉酒逃避的不是破產的焦慮，不是債主的威脅，甚至也不是和法院執達員的爭執。眞正讓他糾結的只有一個想法，那就是如果失去了蒙娜經常在那兒嬉戲、做白日夢的商店，他就會失去他認爲女兒對他的那一點尊敬。如果說卡蜜兒是一位戰士，那麼亨利・維耶曼就是個偉人，而保羅，雖然他是如此以身爲蒙娜的父親爲傲，但他遠遠不及他們，而他對此深信不疑。當他被債務逼到必須放棄他的舊貨店，甚至不再擁有這個能提供幻想的夢幻劇場時，他會變成什麼樣子？

卡蜜兒將散亂的紙張收拾好。蒙娜屏氣隱身在黑暗中，當她看見母親準備將父親拖到床上時，她悄悄地跑回自己的床上。

早上，當小女孩的父親出現時，她已經在喝第二杯巧克力了。她看到他憔悴的面容，猜測他印在她額頭上的那個吻藏著一股難以掩飾的擔憂。於是她問父親是否還好。這讓他倒抽一口氣。因爲，當一個孩子問大人「你還好嗎？」時，這是一件奇怪、甚至令人震驚的事情。只有當年齡增長，幼年本能的自私傾向消散後，這種關懷才會出現。更棒的是，蒙娜完全沒有被他的陰鬱情緒所感染，而是看著他，一直帶著微笑。因此，他憔悴的面容、他那難以忍受的宿醉、他的懷疑和痛苦，這些都在他女兒喜悅的小臉蛋前消失了，那張臉靜靜地表達出一種無限的仁慈。沉默了幾分鐘後，他終於反問了本該是他主動提出的問題：

「告訴我，我親愛的，妳呢？妳還好嗎？」

「非常好，爸爸！今天是星期三！」

＊

亨利第三次帶著蒙娜穿過博物館時，他注意到她更關注沿途的雕塑和繪畫作品。甚至有好幾次，他發覺她的腳步放慢了，她的手微微鬆開他的手，彷彿她的好奇心被某些東西給吸引了。這令他感到愉快，因爲他試著將這個世界最深刻、最美麗的事物帶進她心裡；這意味著她受到鼓舞，而不是感到厭倦。但是，我們必須恪守道德約定：一週一件作品，不能有任何其他的干擾。

但是這並不容易，因爲原本連接羅浮宮與杜樂麗宮的大畫廊已經成爲全球最大的展廳。儘管今日的畫作高達一百二十公分，但並不特別令人驚豔。相反地，它閃耀著一種謹慎的節制，亦即某種內斂的平衡。

以田野為背景，在一片草叢與淡黃色花朵之中，一名女性坐在一塊幾乎無法辨識的大石頭上。她穿著一件黑色鑲邊的亮紅色低胸長袍，神態莊嚴地占據了整幅畫作的中心。唯一露出的左邊袖子散發出緞面般的黃色光澤，與盤成髮髻的秀髮相呼應。另一隻袖子和她的雙腿都被藍色的大斗篷蓋住了。她的臉龐呈現四分之三側面的角度，與站在她右側的金髮裸身小男孩對視。這個小孩年約三歲，他的左手掠過年輕女子的左手，似乎想要抓住她擱在腿上的書，我們只看到書本的燙金邊緣。另一名年齡相仿的小男孩蹲在畫作的正下方，穿著一件簡易的束腰外衣，肩上扛著一個由兩根細木棍組成的十字架，高度與他的身高相等。他側著身子，全神貫注地看著面前的小男孩。這三個人物都籠罩在一層閃亮的光暈裡。遠景中矗立著非常纖細的樹木及一座村莊，村裡傲立著一座鐘樓。更遠處，白雲穹蒼之下有一座湖，湖邊有青色和灰色的小山丘，天空呈現漸層的藍色，畫作上方的天空是深藍色的，接近地平線處則是近乎白色的淺藍色，高度正好在年輕女子的胸部位置。整個畫面呈現出一個完美建構的透視圖。

比起前兩次的經驗，蒙娜這回需要掌握更多的元素和細節。但奇怪的是，她做得不如之前好，而且她的注意力在短短幾分鐘後就鬆懈了。最多不超過五分鐘，這段時間對她來說似乎已經很長了。

我們真的不會想要多看拉斐爾一眼，亨利如此想著，他沒有責怪他的孫女無法長時間保持高度的專注力。這個時代是如此熱衷於愚蠢的「斷裂」，因此，在面對一位展現完美和諧、絕對平衡與正確比例的藝術家時，只會感到厭煩。不過，這位老人撇開腦中不快的念頭，開始談起這幅畫。

「妳不喜歡嗎？蒙娜。」

「喜歡，但是……我覺得〈蒙娜麗莎〉比較有趣。」

「妳想想，上週的〈蒙娜麗莎〉一開始也沒有讓妳覺得有趣！」

「是的，但……喔，你知道我想說什麼，爺耶。」

「我想我知道，但妳還是說一下！」

「那個，〈蒙娜麗莎〉裡有某些事情在發生；而這裡，一切都凍結了。就像在數學課上，我跟老師都在等著迪亞哥說些傻話。」

「但是，傻話沒有出現，對吧？」

「你總還是可以告訴我嘛，爺耶！」

「不，蒙娜，還不是時候。而且，妳剛剛說的無聊完全不是傻話，恰恰相反……。因為妳眼前的畫家，跟波提切利、達文西一樣，都是義大利人，他叫做拉斐爾，他只追求絕對的完美，認為作品中永遠都不應該有絲毫的偏差，也不該有任何會破壞構圖、線條與色彩平衡的意外。」

「他花了多久的時間來做這一切?」

「很久,非常久。但他並不是唯一這樣做的人,因爲在十六世紀初期,那時的畫家必須負責所有的工作,而這需要一個眞正的小團隊才能完成。大師負責繪畫與構思——再說一遍,並非整幅作品都是他畫的,有時他會專注於人物的部分,將風景或是其他不那麼重要的細節留給助手——而他身邊有很多人在準備材料、研磨顏料、上色。由於拉斐爾很年輕就成爲當時的大紅人,佛羅倫斯的商人和銀行家都很崇拜他,所以他能建立一個非常龐大的工作室。教皇儒略二世[36]本人雇用拉斐爾創作這幅畫,因爲他想讓羅馬和梵諦岡能具備超凡的藝術水準。當時年僅二十三歲的拉斐爾接受了這份工作,他和十名、二十名、甚至五十名合作者瘋狂地工作!他雇用並訓練最優秀的人才,視他們如兄弟或兒子。他還嘗試了所有可能的方法來獲得這幅畫的珍珠色調和反光效果;他創作巨大的壁畫、掛毯,並爲他的畫作製作圖版,讓這些畫的圖像得以倍增並廣泛傳播。當時的社會認爲繪畫技藝

[36] 儒略二世(Jules II,一四四三—一五一三),義大利人,一五〇三年當選爲教皇,並於任內辭世。

只是一種簡單的手工，但是他提升了繪畫的地位。拉斐爾成爲君主中的君主。他在三十七歲生日那天因高燒去世，傳說這是因爲他熱切愛戀著一名女性。他非常的富有，留下了一萬六千枚金幣，這是一筆巨大的財富。」

「爸爸說人越有錢，就越少表現得友善……他還補充說他非常友善。」她哈哈大笑。

「生活中總是會有例外，蒙娜，否則就會有點乏味了！拉斐爾雖然富有，但似乎極爲善良。他過世後幾年，有一個很重要的人叫喬治・瓦薩里[37]，他開始寫文藝復興時期所有大師的事蹟。他把這本文集取名做 *Le Vite*，《藝苑名人傳》。我跟妳講過很多波提切利和達文西的故事，還有拉斐爾的故事，這些都是他記錄下來的。瓦薩里特別提到，拉斐爾用他的魅力、良善和慷慨，把每個人都連起來了，不僅人類喜愛他，與他相處時都能感受到平靜與和諧，就連動物也都會圍在他身邊，就像神話中的奧菲斯[38]一樣！」

「奧菲斯？你之前跟我提過嗎？」

「別擔心，蒙娜，我下次會跟妳說說奧菲斯。現在仔細看。我讓妳看的波提切利和達文西作品是所謂的『世俗』的畫作，也就是說，它們的主題不是來自宗教故事。但這裡就不一樣了。文藝復興時期的繪畫經常具有宗教性質，爲的是能在教堂的禮拜堂中傳播信仰、提升天主教訊息的價值。在這裡，這三個都是神聖的人物。妳認得他們嗎？」

「有聖母瑪利亞跟耶穌……。但是那個看起來很像小野人的人，樣子怪怪的。」

「他看起來像小野人，因爲那是施洗者約翰，一位宣告基督降臨、在猶太曠野傳道的先知。這就是爲什麼畫家把他的衣著畫得那麼簡單。就像妳看到的，他拿著一個十字架。妳知道爲什麼嗎？」

「那個是耶穌的十字架嗎？」

「對，這是在暗示耶穌卽將被釘上去的那個十字架。他就在左邊那裡，還是個孩子，試著要抓住他母親聖母瑪利亞懷中的書本。那無疑是福音書，它同時向基督徒宣告了『福音』，就是世界會因耶穌的犧牲而獲得救贖的消息，它也宣告了一個可怕、駭人聽聞的時刻，那就是耶穌會在難以忍受的痛苦中，在絕望無助的瑪利亞眼前死去。這就是爲什麼她

37 Giorgio Vasari，一五一一—一五七四。

38 奧菲斯（Orphée，英文爲 Orpheus）是希臘神話中的一位音樂家，第六章將會描述他的故事。

的衣服是紅色的，是血一般的紅色，與斗篷天空般的藍色混在一起。」

蒙娜皺起了眉頭。她很難理解這種暴力的承諾與柔和場景之間的奇怪混合。一個母親怎麼能眼睜睜看著自己的孩子被處死？在她看來，這是可憎的。亨利看出了她的困惑，任由她沉思了很長一段時間，因爲她繼續仔細地檢視這幅畫。

「可是啊，爺耶，如果他媽媽已經知道他會死，爲什麼她還會微笑？」她帶著一種驚愕的神情問道。

「這些只是象徵，蒙娜，不是眞的。如果聖母眞的存在，那麼我們可以確信，當她知道在此溫柔時刻過後三十年，她的孩子會被釘在十字架上死去，她是不會微笑的。這本福音書宣告了他會被釘上十字架，而小耶穌試圖抓住這本書，則象徵性地迎向他的命運。但拉斐爾向我們展示的是面對命運時，我們必須培養一種**超脫**的態度。」

「**超脫**的態度？那是什麼？是依附的相反嗎？所以是喜愛的反面？」

「不，蒙娜，不完全是這樣的。這比較像是一種特質，指的是不要成爲情緒的奴隸，並知道如何與這些情緒保持適當的距離。妳要明白，拉斐爾雖然是君主中的君主，但他對自己的名聲仍保持著這種超脫的態度，他一直都很單純、和氣、討人喜歡。他的畫作需要勞苦艱辛的作業，卻給人一種異常靈巧的美感。同樣的，面對最可怕的命運，就是一個孩子死在十字架上，其榮耀與恐怖是難以區分的，這就是當時的義大利人所說的『*sprezzatura*』。*Sprezzatura*，就是朝臣的灑脫，就是在社會上，無論情況好壞，都不會表現出受到影響。這種超脫的態度，蒙娜，並不表示我們沒有感覺。但是，它能讓我們保持準確、節制、優雅。它能讓我們謹慎地對待一些人所謂的**恩典**。」

蒙娜感覺有點困惑，因爲她覺得這個解釋在很多方面都很含糊。然而，這堂課還是有成效的，因爲她已經掌握了一些片段，這要歸功於她祖父寬厚的能量，以及他堅持以成年人的態度對她講話。蒙娜起初並不欣賞這件作品，現在卻能細細品味。但是這一次，她並沒有立刻牽著「爺耶」的手離開博物館。她繼續觀看這個神聖的家庭，特別是這名母親，我們稱之爲〈花園中的聖母〉，她在她的花壇中是如此平靜與明亮，在隱晦的災難卽將來臨之際仍如此專注。然後，蒙娜邊笑邊說出自己的俏皮話：

「這很難超脫開來。」

4
提香
相信想像力

4
Titien
Fais confiance à l'imagination

每次與馮．奧斯特醫師會面，都是同樣的流程。蒙娜會跟她的母親一起進入診間，與小兒科醫師交談，接受一些檢查。看診時間約二十分鐘，不會再更久了。醫師沙啞的大嗓門經常讓蒙娜分心，但是她注意到，他的俏皮話只有她感到好笑。卡蜜兒坐在辦公桌旁，觀察著她的女兒，臉上滿是難以形容的困惑。然後孩子會在陰暗的走廊上等待，她的母親則和醫師一起留在診間。等待的過程很痛苦，因爲走廊的回音很大，噪音在她的腦中咚咚作響。爲了讓自己平靜下來，她會抓著脖子上的吊墜並低聲哼歌。

那天，蒙娜發覺母親的表情有點奇怪。她很訝異母親沒有跟她說任何話，一句話也沒有。卡蜜兒一走出醫院，就在阿爾科勒街[39]上一家夾在兩間醜醜紀念品店之間的小餐館裡，給她買了一塊又軟又乾的巧克力麵包。手機響了，卡蜜兒看著螢幕，嘟噥了幾聲。她猶豫了一下，最後還是接起電話。

「是，」她說，「是，當然，我會在。好的，好的……」

緊接著，她撥了一個號碼。

[39] Rue d'Arcole

「是的，我是卡蜜兒。那個，聽著，我很抱歉，但是明天下午，我沒有辦法去幫你們……。我很抱歉，我老闆要我值班。我保證，我週五早上會過去……。我知道那就太晚了，但是……聽著，我很抱歉，最近情況眞的很複雜……。好的，親你一下。」

蒙娜看到母親憔悴的臉龐、眼袋、嘴角的皺紋，還發現她的短髮比平日更凌亂，這讓蒙娜意識到母親從今天一早就心事重重。母親想花更多時間在她的志工活動上，但是她不能，因爲她稱爲「老闆」的那個人總是有更迫切的要求。蒙娜也想到，明天媽媽去上班時，自己會跟祖父一起去羅浮宮。

市政府的廣場上搭建了一座溜冰場，蒙娜想要去看滑冰。卡蜜兒心不在焉地領著她過去，然後很突然地阻止了她。

「等等，我親愛的。」

她蹲下來，用戴著藍色連指手套的雙手將蒙娜的臉轉向自己。蒙娜以爲母親要吻她，就笑了。但是她沒有吻她，而是看著她。或者更確切地說，她**盯著她的雙眸**。她們之間沒有眼神的交流，也沒有情感的流露。卡蜜兒不自覺地凝視著女兒的雙眼，彷彿在其中尋找什麼似的……

蒙娜感到一陣恐懼席捲她的腹部，但是她察覺到母親的恐懼，於是她告訴自己，如果她把自己的恐懼表現出來，那只會加深這種感覺，而這並沒有什麼好處，因此她什麼也沒顯露出來。

「妳好漂亮，我親愛的！」卡蜜兒對她說道。

這句如此平凡的讚美本該讓蒙娜欣喜異常，但這一次，她卻費勁地掩飾自己的喜悅。

*

亨利一直對威尼斯情有獨鍾，他了解這座城市的整個歷史和所有令人驚奇的迷宮小徑。當時總督宮尚未被人群蹂躪，他與他生命中的女人在那裡度過了絕妙的夏天。他們很少去里阿爾托橋或聖馬可廣場，反而常去人煙稀少的軍械庫一帶，在那裡仍可遇到眞正的當地工人。面對提香的〈田園音樂會〉，就像面對這名威尼斯共和國時期的藝術家的其他傑作一樣，亨利感受到內心湧出一股滔滔不絕的聲音，渴望將這個非凡之地的一切說出來，特別是十六世紀這個權力動盪的關鍵時期，因爲威尼斯曾經是整個歐洲、外交、藝術的重鎮之一，但十八世紀末開始沒落，今日更淪爲一個爲水上巴士吐出來的觀光客重演嘉年華的城市。

〈田園音樂會〉這幅畫的中心有兩名二十歲左右的音樂家，他們坐在一片翠綠的草地上，相互看著對方正在進行的活動。左邊那位黑髮男孩戴著天鵝絨貝雷帽，身穿華麗的紅色泡泡袖緞面短斗篷，腳穿雙色緊身長褲，彈奏的是魯特琴。右邊那位有一頭濃密蓬亂的鬈髮，打著赤腳，穿著一件鄉村常見的棕色皮上衣。他們旁邊坐著一位背對觀眾、略微靠近畫作前景的清純裸女，這名女子有點豐腴，梳著一個髮髻。她的指間垂直握著一支笛子，但沒有將它放在嘴邊。畫布的左側有另一名裸女，儘管她站著面對觀眾，卻與前者非常相似，她倚著作為構圖界線的井邊，將半透明玻璃壺裡的水倒進井裡。她的上半身與雙腿呈現方向相反的扭轉動作。這四個人物占據前景的位置，第五個人物則在畫面的深處。中景最右側有一名牧羊人，他領著一群綿羊繞過一片橡樹林。再遠一點，有一座山丘升起，山頂上可以看到幾棟房子。更遠一些，我們隱約可見一條被瀑布截斷的河流。起伏的山巒一直延伸到多雲的天空，這片天空被夏日午後逐漸消退的光線照亮著。

「十二分鐘都沒有動，蒙娜，越來越好了！」

「今天都是你一直在動！你讓我分心，結果我每次都要從零開始！」

「那這個『零』在哪？妳是從哪裡開始的？」

「就是啊，爺耶，」小女孩猶豫了很久才回答，「這很難說，因爲我好像迷失在畫裡了。中間有兩個穿著衣服的男生，然後他們周圍有兩個脫光衣服的女生，遠一點還有一個牧羊人……。我想知道他們聚在一起是在做什麼（蒙娜一臉調皮的模樣）！得是大人才知道，對吧？」

「這個嘛，別擔心，大人們也很難找到答案。不過妳啊，妳提了一個好問題！因爲妳是對的，這是一個奇怪的組合。爲什麼兩個分別穿著城市衣著和牧羊人衣著的男性，會有兩名沒穿衣服的女性陪伴呢？這正是我們要去猜測的……」

「那個時候的人會比我更容易理解吧？」

「當然更容易一點，因爲典故和參考文獻會隨著時間而改變，其中某些在文藝復興這種特定的時期會很明顯，但總有一天會被遺忘。也就是說，在十六世紀初期的威尼斯藝術中，畫家很喜歡給他們的畫披上一點神祕色彩……第一個就是圖像上面沒有簽名。把自己的名字放在作品裡，而且通常是放在角落，這種做法直到十七世紀至十九世紀之間才眞正流行起來。這就是爲什麼我們很難確定這幅畫的作者。」

「這個嘛，我啊，」蒙娜得意地反駁，同時悄悄地察看羅浮宮的解說牌，「我知道那是……那是提起阿諾．維切里歐（她還把名字唸錯了）。」

「是的，我親愛的蒙娜，如果妳能改善一下妳的義大利口音，我就恭喜妳會讀解說牌……。那是提齊安諾．維伽略[40]（亨利試圖清楚地發出每個子音），人稱提香，他是吉奧喬尼[41]的學生。有很長一段時間，人們都以爲〈田園音樂會〉的作者是吉奧喬尼。理由很簡單，因爲吉奧喬尼發明了眼前這個令人困惑的主題，還把它發揚光大，那個主題就是身處大自然裡的裸體女性。」

「那爲什麼現在我們知道是提香，而非吉奧喬尼？」

「這有點像是在拼圖，歷史學家在提香的作品裡發現了一些散布在〈田園音樂會〉中的元素。所以，我們有大量的線索，但是沒有確切的證據。總之，我們可以說這幅畫充滿了吉奧喬尼的精神，因爲就算這是提香畫的，他也是在一五〇九年左右完成的，那時他才剛二十歲，依舊深受培訓他的工作坊大師的影響。這位大師死於一五一〇年的鼠疫。」

「那現在，你可以告訴我那兩個穿衣服的男子和兩個裸體的女子在做什麼嗎？」

「等一下，我要先解開第二個謎團……。妳有沒有想過，爲什麼一個優雅的年輕男子會跟他左邊的鄉村男孩肩並肩坐著彈魯特琴呢？」

「這確實有點奇怪……」

「整體來說，提香試圖營造一種和諧、持續的效果。風景中有山谷、溪流、房子和樹木、領著羊群的牧羊人，而兩個中心人物，一個來自城市，另一個來自鄉村，他們似乎是在一天結束的氛圍中聚在一起的，因爲這幅畫巧妙地表達出黃昏色調的細微變化。如果城市男子跟鄉村男子相遇時沒有更明顯的對立，這是因爲提香想要表達的是完美的一致，是美妙聲音與美好旋律的一致。沒錯，正是這場迷人的露天音樂會將這一小群人連結在一起。」

40 Tiziano Vecellio，這是提香的原名。

41 Giorgione，約一四七七—一五一〇。

「你忘了還有兩個裸體女子，爺耶。但是，拿笛子的那個有參加音樂會，對吧？」

「有人可能會這樣想。但這不是最有可能的假設。與其相信這個吹笛子的裸女，還有那個將一壺水倒進井裡的裸女眞的是在陪這兩名男子，我們更應該設想她們都是這兩名男子的想像力產物。而這正是解開謎題的鑰匙。這場由優雅的城市男孩與鄉村男孩一起演奏的音樂會，讓人聯想並在腦海中浮現兩名年輕女子。就好像這個城市人，這名雍容華貴的貴族，事實上已經逃避到大自然之中，躲進這個田園世界裡，爲的是要在其中表達他自己對詩歌以及——我再跟妳說一遍——想像力的品味……。在文藝復興時期，我們會用一個美麗的字來稱呼想像力，那就是 *phantasia*，那是 *phantasia* 眞正的黃金年代，其地位之高是前所未有的。」

「其實，這位藝術家他想說的是愛……」

「這不算錯。當然，在提香的這幅畫裡，兩位仙女都很漂亮而且性感；當然，我們可以猜想，這種心理意象與對愛情的渴望並非無關，它類似於一種**幻想**[42]。但是，妳要明白，我不認爲這是最重要的。因爲這兩名女性，一位拿著笛子，另一位拿著水瓶，她們是創作與詩意遐想的寓意。鄉村音樂會的作用就像是在激發想像力，而想像力本身則會產生想像力的主題。因爲想像力總是會召來更多的想像力，因爲它的運行方式就像一個以自身運動爲動力的螺旋體。這幅畫要跟我們說的，就是這個美妙的興奮感，就是永遠都要更深入地去想像事物，它還邀請我們要相信這個不可思議的能力，因爲這種能力能把不可見的變成可見的，把不可能的變成可能的。」

蒙娜皺起眉頭，斜眼看向左邊，並示意她祖父悄悄轉身。他明白這個訊息並照做了。起初他並沒有特別注意到什麼，但是，很顯然有一名披著綠色披肩、略施粉黛的年長女士已經站在他們附近好一會兒了，她還偷偷地聆聽他們的談話……。那名女士的臉紅了起來，輕咳一下，快步走開了。

「看來她戀愛了，爺耶！」

「妳的想像力太豐富了，蒙娜……」

42 法文的 fantasme（幻想）這個字的詞源與拉丁文的 phantasia 有關。

5
米開朗基羅
從對物質的依戀中解脫

5
Michel-Ange
Délivre-toi de la matière

迪亞哥絕對是一個無可救藥的笨蛋，他有無法控制自己的問題，這些問題就像魔鬼突然從嚇人箱裡跳出來一樣，因爲不合時宜而惹得全班哄堂大笑。這一次，他非常專心地聆聽哈吉夫人的訓斥，因爲十點半鐘聲響起時，他沒有到有頂棚的操場上排隊。

「你最好是停止玩遊戲，迪亞哥。」她鄭重地警告他。

迪亞哥對這個原本是嚴肅且具體的責備做出了回應。他當然沒有惡意，而是出於眞摯的好奇心，但方法是如此笨拙，使得哈吉夫人失去了冷靜。

「那您呢？」他反駁，「您幾時就停止玩遊戲了呢？」

然後他淚流滿面地被送到校長那裡，覺得自己實在不該受到懲罰。

午休時，婕德和莉莉找蒙娜玩她們所謂的「拉努巴」[43]，這是一種將自己投射到她們想像的音樂世界中的遊戲，通常是由一名女孩扮演製作人的角色，她會用一些臨時拼湊出來的道具將其中一位同學裝扮成華麗怪誕的模樣，讓她表演瘋狂的吉他手或歌手，第三名女孩則模仿狂熱的觀眾或殘酷的評論家。但這一次，蒙娜沉默了，她不想玩，沒這個心思。

43 La Nouba

有某個東西抑制了她平常的熱情，那就是迪亞哥早上提出的問題。她意識到他向老師提出的那個問題，完全不是出於無禮。迪亞哥是以最眞摯的方式問自己：「一個人究竟到幾時就停止玩遊戲了？」要跨過哪道門檻、要到哪個年齡，我們才會停止這種無憂無慮地自創自演的樂趣？要從什麼時候開始，這種能隨意地進入另一個世界，將周圍的一切幻化成城堡、美國蠻荒西部平原或太空船的感覺才會卡住？迪亞哥和蒙娜如今都看見這個奇特的情況即將發生，彷彿他們都預感到，總有一天，或許這天很快就會來臨，他們也不可避免地會放棄這些可自由幻化的地域，在這些地域裡，遊玩是一種自然的傾向，而不是有意識的決定。但是，什麼時候？這個斷裂確切會在什麼時候發生？

蒙娜的思緒紛亂，她的身體僵在操場中央，而其他孩子們卻如原子般在操場上四處奔跑。此時，一顆吸滿了水坑髒水的厚泡棉球不知從哪兒飛出來，重重地擊中了她的太陽穴。她側倒在地，驚愕不已，淚水在眼眶中打轉。她堅強地壓住這些淚水，惱怒地看見一個男生，就是那個衆所周知的紀堯姆，她討厭的那個英俊留級生，他衝向那顆球，完全漠不關心地繼續他的足球遊戲。沒有一句話、沒有任何行動、沒有一個眼神。幸運的是，莉莉和婕德趕過來把她扶起，並再次提議：「走吧，我們去玩拉努巴！」

這次，蒙娜同意了。她用盡了她所有能發揮的想像力，想像自己是一名狂怒的流行音樂大明星，婕德是瘋狂的經紀人，而莉莉則代表十萬名觀眾。一抹陽光悄悄地在她們的臉上舞動著。

*

亨利這次帶蒙娜去的展廳給人一種專橫冷酷的感覺，沒有畫作的直接誘惑。再說，這個位於羅浮宮德農館側翼的陳列廊也沒什麼人，亨利一直覺得這裡有兩個缺點：它更像是一條通道、一個氣密艙，通向它自身之外的其他事物，而且它有著如鬼魅般、幾乎是致命的氣氛。但是，這種感覺可能與這裡的主題有關，那就是雕塑，尤其是文藝復興時期的義大利雕塑，還有它呈現的黑色（青銅）或白色（大理石）的陰影。

蒙娜乖巧地跟著亨利一起走向一件石雕作品，這件作品呈現出一個扭曲的人體。他們越接近，空間的回音就變得越大，蒙娜的耳朵嗡嗡作響，因某個孩子的尖叫聲而備受折磨，這個小孩騎在一個汗流浹背的壯碩男人（一定是他父親）的背上。蒙娜想到，不久以前，她也喜歡爬上大人的肩膀，於是她要求騎到她那依舊高大健壯的祖父肩上。這個動作很危險，但亨利還是做了，他彎下瘦骨嶙峋的身軀，用驚人的腹部力量將蒙娜舉向天花板，結果小女孩發現自己離地面兩公尺半，幾乎跟一張大理石臉孔面對面，而遊客通常只能由下往上看這張臉。

這張臉上有緊閉的雙眼，略顯肥厚的嘴唇也是緊閉的，五官絕對完美，又細又直的鼻子將頂著一頭鬈髮的頭顱分成兩邊。這顆頭斜靠向右肩，但沒有碰到肩膀，右手臂柔軟結實，手肘向內彎曲，巨大的手輕觸胸膛，更確切地說，是手掌覆蓋住心臟的部位，指尖尋覓著將身體分成兩半部的中線，也就是胸骨。一件薄薄的衣衫捲到胸口處。此外，這名男孩是全裸的，我們清楚地看到他雙腿間的光滑恥骨，左腿靠在較大塊的大理石上，略向右轉，創造出骨盆的運動感，扭腰的動作異常清楚且極其柔軟。為了強化這種印象，他的左臂向後伸展，消失在頸後。整體看來，我們會說這像是一個斜躺的人狂喜放鬆的模樣，但是以直立的方式呈現。模特兒的腳邊有一塊不成形的石頭，以某種波浪的形式直升至大腿後方。在這塊未精細加工過的材料上方，勉強看出有一顆粗略成形的神祕猴頭。

第一個厭倦默默觀察這件作品的人，不是蒙娜，而是她祖父，因爲他被坐在肩上的孫女的重量壓垮了。他把蒙娜放回地上，蒙娜的視角變低了，她把眼睛從雕像的性器官移開（這讓她覺得很尷尬，因爲她發現它很突出），從下往上盯著大理石製的臉孔。她突然有種感覺，覺得它非常遙遠，高高在上。

「他是高興還是悲傷，爺耶？」

「妳說呢？」

「兩種都有一點⋯⋯。我坐在你肩上靠近看的時候，我會說他是高興的，但是現在，我覺得他可能感覺有點痛苦⋯⋯。總之，我啊，當我覺得很痛的時候，我會扭來扭去⋯⋯有點像他那樣！」

「妳知道，我們對這個雕像依然所知有限。它充滿了矛盾。但是，首先我們能確定它的作者是米開朗基羅．布奧納羅蒂[44]。他或許是有史以來最偉大的一位藝術家，是一個傑出且古怪的人。他還在佛羅倫斯當學徒時，他的才華和易怒的性格就立刻爲他引來同時

[44] 米開朗基羅的姓名是 Michel-Ange Buonarroti，全名則是 Michelangelo di Lodovico Buonarroti Simoni。Michelangelo 是名字，di Lodovico 是羅多維科之子，Buonarroti Simoni 則是家族姓氏。

代人的嫉妒。例如，據說他的一位同學因他擁有精湛的藝術技巧但行爲粗俗無禮而感到憤怒，就狠狠地朝他的鼻子打了一拳，這讓米開朗基羅在漫長的一生中，臉上都帶著傷疤。他除了個性令人討厭，本身也相當令人反感……」

「令人反感？可是你也有啊，你有一個大疤痕，我啊，我會打那個第一個說你令人反感的人！」蒙娜很不高興，然後調皮地戲謔道：「你太英俊了，爺耶。」

「妳的品味不錯……。米開朗基羅的父親認爲當一名雕塑家是不光彩的，因爲在當時，這被視爲是一種低階的手工職業，就像是石匠之類的手藝人。但是米開朗基羅對他的使命深信不疑。他也是文人、詩人、『新柏拉圖主義』這個古代學說的信徒。這個學說的名字來自偉大的希臘哲學家柏拉圖，主張塵世和人體是一座監獄，必須要脫離它們才能超越，進入精神、思想和想像力的世界。佛羅倫斯有一位君主以高雅的藝術品味聞名，他叫做羅倫佐·德·梅迪奇[45]，外號『華麗者』，他也是新柏拉圖主義的信徒，很早就成爲米開朗基羅的仰慕者，還將重要的訂單委託給他。」

「你帶我來看的是這位君主的雕像嗎？」

「不，站在妳面前的不是羅倫佐·德·梅迪奇……。事實上，在十六世紀初期，面對佛羅倫斯這座漂亮、實力雄厚的城市，有另一座城市，它是義大利與基督教歐洲的搖籃，它嫉妒佛羅倫斯的輝煌，也想與之競爭。」

「我知道那座城市。是羅馬。爸爸總是開同樣的玩笑，他用『條條大路通蘭姆酒』來取代『條條大路通羅馬』……。我啊，我都會笑，但這主要是爲了讓他高興……」

「就讓妳爸爸暫時留著他的俏皮話吧，要知道，當時羅馬有一位教皇，他非常有錢，也非常仰慕米開朗基羅的才華。他叫做儒略二世，他花了很多錢來美化這座城市……」

「啊，對，」蒙娜打斷他，「就是他雇用拉斐爾的！」

「妳的記憶力眞好！他也雇用了米開朗基羅。米開朗基羅變得有錢了，但仍過著儉樸的生活，近乎貧窮，而且極爲孤獨。據說他把金幣堆在他的床底下，沒有花掉。後來，儒略要求他爲自己設計墳墓……。正是因爲這個委託，才有了這座雕像，還有第二座，妳看，就在它旁邊（他爲她指出〈抗爭的奴隸〉[46]，它在羅浮宮的陳列廊中與〈垂死的奴隸〉並列展出），它們都被用來裝飾教皇的宏偉陵墓。」

45 Laurent de Médicis，一四四九—一四九二。

46 *L'Esclave rebelle*

「你是說儒略被埋葬的地方？想像自己的死亡眞是令人悲傷……」

「沒錯，蒙娜。對儒略來說，他身爲教皇，而且相信永恆的生命、相信死而復活，所以這樣一項計畫不應該是絕望的，而應該是微妙且矛盾的混合體，混合了幸福與不幸、永恆的榮耀與無限的哀悼。米開朗基羅深深理解這一點……。身爲一位出色的詩人，他曾寫下這樣的詩句：『我的歡樂，就是憂鬱』。」

「跟米開朗基羅一起工作一定非常辛苦！」

「正是因爲這樣，所以即使是巨大的任務，例如後來西斯汀禮拜堂的壁畫，他也總是獨自一人進行。他不善交友，而且絕對無法與同伴或助手共享他那些宏偉的工作計畫。但是米開朗基羅跟儒略二世處得不錯，因爲他們個性相似，兩個人都很暴躁，一點也不妥協，而且不在乎別人的眼光，只要能達到他們自己設定的目標就行了。在整個人類史上，沒有人能像米開朗基羅那樣對美有極度的渴望。但不是拉斐爾那種溫柔、優雅的美，而應該是一種飽受折磨、與對立力量相互拉扯的美。我們談到這個主題時，會說這是米開朗基羅的 *terribilità*[47]。」

蒙娜緊緊抓住她祖父的手腕，祖父的聲音變得有點可怕，因爲它顯得很低沉。老人用空出來的那隻手在空中畫出某種類似舞者舞姿的螺旋狀，模仿的是雕像身體的扭動狀，就像火焰一樣。

「這個軀體，蒙娜，它既是一個完美男孩充滿幸福的身體，優美、結實、充分展現、被一陣愉悅所貫穿，但這也是一個飽受痛苦折磨的身體。這件作品叫〈垂死的奴隸〉，它的表達方式極其含糊，正是爲了傳達一種令人困惑的想法。更令人困惑的是，這種想法來自一名藝術家，他總是忙著雕刻石頭，或是和畫筆及顏料拚鬥。這個想法是這樣的：我們必須擺脫物質、擺脫具體且可觸知的世界。這個軀體，蒙娜，這個充滿活力的軀體從生命的徬徨狀態進入另一個境界的理想狀態，就如同它從奴隸的身分轉變成自由之身，就如同它從一塊不成形的大理石轉變成一座光彩奪目的雕像。這三種都是從世界原始、沉重、束縛的物質狀態中獲得解放的過程，它們一起在一種交織著愉悅與撕裂的運動中發生，這種運動可怕且崇高。這是一種解脫。」

亨利不作聲，帶著他的孫女繞了雕像好幾圈。直到她注意到了這尊人像的左側，終於

47 含有暴烈、可怕、震懾等意思，十六世紀時用來形容米開朗基羅作品風格的義大利文，指的是其作品展現出來的力量、活力、威嚴、憤怒等等令人震撼的感覺。

提出了他一直等待的問題。

「為什麼會有一顆猴子的頭？」

「我很高興妳感到驚訝……因為這隻猴子就是對人類與藝術家的嘲諷模仿，諷刺藝術家如何模仿他所看到的一切，並**模仿**他所遇到的一切。妳注意看，它被困在一團混亂、未完成的物質裡。它象徵了世界低階的物質層次，我們應該要超越這個層次。妳要知道，蒙娜，米開朗基羅喜歡說形體早已存於大理石塊中，我們只需要揭露它、讓它從這塊礦石裡顯露出來，那就夠了。在物質的雜亂無章中，精神與理想早已棲身於其中，作品就在它的純粹狀態裡。」

蒙娜聽到這些話，把目光從〈垂死的奴隸〉移走，隨著祖父走開了，但就在離開陳列廊之前，她突然停了下來，轉向雕像，情不自禁地想要模仿一隻黑猩猩來向它道別，於是她膝蓋彎曲，發出三聲呼嚕聲，搔了搔胳肢窩。亨利猶豫著是否要陪蒙娜一起模仿這個粗魯的動作，但是當他看到一名展館的守衛對此感到不滿時，就立刻止住了自己的行為。

6
弗蘭斯·哈爾斯
尊重小人物

6
Frans Hals
Respecte les petites gens

光有意志力已經不夠了。保羅開始飲酒過量。他口乾舌燥、垮著肩膀，和卡蜜兒談論他堅稱的「物質問題」，他無法面對這些問題，但又認爲這些問題絲毫不會損害他對家庭投入完整且無止境的情感。卡蜜兒聆聽著，既擔心又充滿勇氣。但是，那天晚上，她在餐桌上，當著女兒的面，看著一杯杯被喝光的酒，冷冷地告訴保羅，她不再確定這些所謂的「物質問題」是否實際上只是他沉迷於酒精的藉口。

「而且你會知道這是否像你說的那樣，是一個**物質問題**，這個該死的東西！」

保羅突然發現蒙娜看到了他的惡習，他感到很惱火。他想逃跑，想要憤怒地砸毀一些東西，什麼都好，只要能製造出噪音就行了。只是他沒有這個勇氣。而這也是因爲他缺乏這份意志力。卡蜜兒立刻責備自己，因爲她讓女兒看到了這一幕，而這或許是不公平的……。但是太遲了。

蒙娜先是愣住，被這種冷暴力嚇到了，然後她做出一個令人困惑的反應。她伸了一個懶腰，發出滿足的嘆息聲，彷彿她正試著放鬆四肢，讓它們更充分展開、更有伸展彈性，讓它們盡可能從這個孩童之軀裡解放出來，好加入這個她被迫投入的成人世界裡。她藉由放鬆自己，緩和了周遭的沉重氣氛。接著，她誇大地用堅定且平穩的聲音，笨拙但勇敢地學大人的模樣：

「媽媽，妳知道爸爸總有一天會處理他的問題。（聽到這句話，保羅打了一下哆嗦，但忍住沒有打斷他的女兒。）他可能會把這些問題變成一個特別的故事！在書本和電影裡，總是有悲傷及惡運，但如果講得好，就會變得很美……」

整整十秒，保羅和卡蜜兒驚愕不已。蒙娜沒有再說什麼，甚至沒有把當天在學校發生的事情講完，而是泰然地保持沉默——那種任務完成後的沉默。晚餐很快就結束，她吃完一小罐摩卡口味的奶霜後，就回自己的房間了。

「保羅，你有在聽我說話嗎？」

「有。」

「這個心理醫師對蒙娜很有幫助，不是嗎？」

「對……很有幫助。對了，她下一次看診是明天。」

＊

紅燈了。蒙娜放開祖父的手，蹦蹦跳跳地過馬路，一走上人行道，她立刻轉身，折回去找那位緩步行走的老人，再次握住他的手。這眞的是一個小小的迴力鏢……

「妳知道的，蒙娜，我不太喜歡妳這樣飛奔！」

「喔，爺耶！我會很小心的！而且我都會回頭看你是否還在那裡。」

「小心點，總有一天妳會把我變成鬼魂。」

這句話客觀上來說很嚇人，讓蒙娜大吃一驚。變成鬼魂？爲什麼？但亨利指的是奧菲斯的神話，三週前，他在拉斐爾的畫作前曾答應要跟她講這個神話。

「奧菲斯是一名詩人，里拉琴彈得非常好。他的歌聲是如此美妙，甚至連動物都被迷住了。」

「這眞的有可能嗎？」

「總之，奧菲斯做到了。他的聲音吸引了獅子和馬、鳥類和地上爬的動物、齧齒類和大象！他是不可抗拒的。一天，奧菲斯愛上了一位名叫尤麗狄絲[48]的仙女，並與她結婚了。不幸的是，尤麗狄絲被蛇咬死了。詩人悲痛萬分，下到亡者的國度，想要把她帶回來。他憑著純淨的歌聲，說服了冥界之神黑帝斯[49]，黑帝斯同意讓他把妻子帶回地上。不過，黑帝斯加了一個條件：無論發生什麼事，在回到陽世之前，奧菲斯都不得回頭看他的愛人。然而，就在這趟邁向光明的旅程只剩幾公尺時，奧菲斯沒有聽見尤麗狄絲的腳步聲。他焦躁憂慮地回頭一望，尤麗狄絲就化爲一縷稀薄的霧氣，永遠消失在黑暗之中……」

「爺耶，這太悲傷了！」

前往羅浮宮的路上，蒙娜緊緊地依偎在亨利身邊，就像是一隻受驚的小動物。她用盡一切方法緊抓著祖父的衣服，這阻礙了他的步伐，而她則沉醉在祖父身上的古龍水香味裡。最重要的是，她不斷告訴自己，永遠都要「直視前方、直視前方、直視前方」。這句咒語幫助她能在十七世紀的荷蘭收藏品中，集中注意力探索當日要看的作品。

這是一幅尺寸中等且近乎方形（高度略大於寬度）的棕髮女性半身像，她的身形豐腴但不會過胖，身子以四分之三的角度朝向畫面右側。她微笑著，露出上半部的牙齒，雙眼

48 Eurydice
49 Hadès

半閉著，眼皮因酒醉和歡樂而顯得沉重。眼睛看的方向讓人以為她是被畫外某個東西逗笑了。她的臉龐有點圓胖，雙頰紅潤。她的皮膚白皙緊緻，因畫家生動的筆觸而顯得厚實，與一頭被髮箍圈住且隨意滑落至背後的秀髮形成對比，這種蓬亂的頭髮強調了模特兒的農村百姓特質。她的胸部因擠壓而豐滿，露出低領處的雙乳曲線，這對乳房在白襯衫下相互緊貼，白襯衫外罩著一件珊瑚紅的罩杉。背景特別模糊，全都採用棕色和灰色的色調，可能在暗示岩石的粗糙和北方沉重的天空。由於缺乏明確的元素，我們更能將注意力集中在這名奔放、快樂、隨意的年輕女孩身上。

蒙娜觀察了將近二十分鐘之久，然後看了一下解說牌，接著皺起眉頭。

「這是什麼？『一名波西米亞女郎』，爺耶？」

「老實說，蒙娜，在這幅畫完成的那個時代，大約是一六二六年，人們也不太確定那是什麼……。波西米亞人是一個神祕的民族，被認爲很有異國情調，擁有少數族群的習俗和生活方式。他們是流浪者，也就是說，他們從不會在同一個地方停留太久，他們沒有固定的住所，隨興而活，四處移動，沒有融入傳統的行業裡。他們顯然有點嚇人，但是另一方面，他們體現了一種具有迷人光環的自由形式。他們以音樂才華而聞名，人們認為他們擁有預測未來的神奇天賦，特別是透過讀牌卡、水晶球或手掌紋來占卜。」

「未來？嘿，爺耶，那我，我未來會發生什麼事？」

說著，蒙娜伸出她的手掌。這個令人心酸無力的問題讓亨利感到刺痛……。他在其中讀到了對失明和陷入永恆黑暗的焦慮，他在其中讀到了他的孫女迷失在一個既無月亮也無星光的夜晚。這可能發生嗎？這眞的有可能發生嗎？蒙娜檢視著自己的手掌，試著在她粉嫩皮膚的皺褶中追尋一個徵兆、一絲訊息、一座小燈塔。她彎起手指，緊握成一個拳頭。這令人心碎。亨利感覺他的心突然脫落，在胃裡變得乾癟。但是，憑著他能在這種時刻展現出的鋼鐵意志，他又想到萬一黑暗眞的遮蔽了他孫女的視線，那麼他對孫女的計畫就勢在必行。

「而我，蒙娜，我尤其希望妳能告訴我，妳對這位波希米亞女郎的看法……」

「這個嘛，這很難講，爺耶。你帶我來羅浮宮，是為了看這些相當漂亮的男人跟女人，是吧？總之，我印象深刻……。波提切利的女神、達文西的蒙娜麗莎、米開朗基羅的奴隸，那眞的是『哇』。但這個，無意惹你生氣，但我覺得她少了點美麗（她停頓了很久）。

而且……」

「什麼？」

「而且，如果藝術家要畫她，那是因爲他覺得她漂亮，對吧？」

「確實如此。我不知道他是否會用這個詞，但是他在她身上發現了某種東西，總之妳是對的。他發現了某種值得成爲一幅肖像畫的東西。妳要明白一件事，蒙娜，自十五世紀文藝復興時期以來，越來越多的人請人爲自己畫肖像。他們付錢請藝術家描繪他們的臉，價格有時非常昂貴，而且通常要強調相貌上的優點、抹去缺點，並以最討人喜歡、最有價值的方式來呈現，好讓他們發出耀眼的光芒，例如透過優雅的服飾、高尚的職業。這些通常是社會地位崇高的富人。他們的肖像鞏固了他們的形象、地位和權力。這就是爲什麼羅浮宮的走廊裡有這麼多君主或國王的畫像。」

「對，但也有普通人的畫像。我記得提香有一幅畫，畫的是一個鄉村男孩和一個盛裝的人一起演奏音樂！」

「沒錯；但那不是肖像畫。妳再想想，提香沒有單獨畫那個男孩。那是藝術術語所謂的『風俗畫』，也就是說取材於日常生活、有一個動作的普通場景。但肖像畫不一樣，它沒有真實的動作；一切都被凍結起來，如同在永恆之中。」

「是喔，只是我啊，我覺得她在動，那個波希米亞女郎，甚至……甚至，她在轉身……。就像你的奧菲斯……」

一想到那個神話，她蹙起眉頭。

「反駁得很好，蒙娜。她正轉向畫外的某物或某人，我們不知道那是什麼。不過，是的，某個元素吸引了她的注意力，而這讓她笑了，所以，她確實是正在做一個動作……」

「什麼動作？」

「這很難講，但這位藝術家是荷蘭人，他叫做弗蘭斯．哈爾斯。在十七世紀上半葉，荷蘭這個國家畫了很多描繪小人物消遣歡樂的畫作，例如跳舞、吃飯、在街上或客棧中的聚會。這些風俗畫、這些日常生活中的小故事，都迸發出一種直率且熱情的歡樂。」

「就像跟婕德和莉莉一起開生日派對！」

「把果汁和汽水改成葡萄酒和啤酒，差不多就是這樣了，蒙娜……。現在，仔細看看哈爾斯做了什麼。他把他的波希米亞女郎與畫面的其他部分隔開，他為她單獨提供了一個畫面，所以這幅畫就介於風俗畫和肖像畫之間。或者，換個方式說，就是風俗畫透過簡單的取景方式，逐漸轉向肖像畫。而這就是這幅畫的關鍵：這個一頭亂髮、顴骨紅潤、可能有點醉意的年輕女孩，她屬於一個邊緣化的社會團體，也就是波希米亞人，但是她卻被賦予了傳統上只保留給貴族與富人的榮耀。我們當然不會知道她是誰，她永遠只會是一個普通的波希米亞女郎，但是哈爾斯試圖引發對她及其族人的尊重。」

「弗蘭斯·哈爾斯是波希米亞人嗎？」

「不是。他為各式各樣的人畫肖像。他強調筆觸的畫法特別受人讚賞，這種畫法讓筆觸不但清晰可見，而且幾乎是可觸摸的，這使得他的畫作沒有給人連續紋理的印象，而是呈現出動態與輕微斷續的色塊。這種技術可能顯得粗獷，幾乎可說是令人震驚的，但最重要的是它更為生動，臉部因此而充滿活力。」

「好像真的就在那裡！我們可以摸得到！」

「沒錯。這就是為什麼哈爾斯在他居住的荷蘭小鎮哈倫[50]會接到大量的委託。大型商人行會、富有的仕紳和高官都想要請他畫肖像畫，並願意支付高額的報酬，這使得畫家的客戶群日益擴大。但不僅如此，哈爾斯單純出於對人的熱愛以及對小人物的敬意，即使沒有委託，他也很樂意為一般人畫肖像，以凸顯他們的性格；據說他畫的『臉部特寫』[51]，表情可能會變得粗俗或變得誇張。因此，他頌揚的是強烈的、具體的人類情感，而這類情感在重要人物的正式肖像畫中經常消失。」

「知道了……。爺耶，那今日教導是什麼？」

「很簡單。弗蘭斯．哈爾斯告訴我們，儘管這位波希米亞女郎不完美、有各種缺點、舉止粗俗，而且其族人的名聲不佳，但她仍然值得像貴族和顯要人士一樣獲得尊重。這就是爲什麼哈爾斯會在畫布上描繪她，而且他不需要成爲波希米亞人就能這麼做，他只需要成爲畫家就行……。他對我們喃喃低語的，就是我們必須尊重小人物。」

「明白了，爺耶……」

在亨利．維耶曼的背後，一名臉上有雀斑、戴著又大又圓的紅框眼鏡的年輕女訪客全程傾聽，眼睛眨也不眨。她旁邊站著一名男子，一綹波浪狀的長髮讓人以爲有風吹到他臉

---

50 哈倫（Haarlem）位於荷蘭西部。

51 十七世紀的荷蘭文「tonie」，意思是「臉」，是一種繪畫風格，這類畫作會特別強調臉部的誇張表情或是畫中人物的古怪性格，這與法文用來形容怪誕面孔的「trogne」相當。

上，看似被剛剛那場對話震懾住了，一臉難以置信又欽佩不已的模樣。

「不好意思，先生，」他鼓起勇氣發問，「這是您的孫女嗎？您是她的祖父？」

「是的。沒錯，年輕人。那我也冒昧地問一下，這是您的未婚妻嗎？」

「不知道。」他們膽怯地異口同聲回答。

「那麼，好好想想，祝兩位有個美好的一天！」

離開羅浮宮的時候，亨利陷入沉思，他思索著是什麼促使這名男子介入。可以確定的是，這名男子不敢相信這位博學的長者能將如此豐富、如此深刻的話語傳達給一個小女孩。亨利帶著這份確信，不斷回想他跟蒙娜對話的過程。他今天跟她聊了什麼？有文藝復興時期以降的肖像史、十七世紀荷蘭的社會學、甚至還有厚塗的繪畫技巧。小女孩或許沒有全部理解，這很正常，但是她想要吸收一切，什麼都不放過，而且客觀來說，這種渴望本身就已經非常驚人了。然而，在亨利看來，驚人之處並非在此，而是在其他方面。這個驚人之處也（甚至更甚）存於孩子的措辭之中，在她宛若「小樂曲」般措辭的韻律裡，他懷疑正是這份韻律迴盪著某種絕對是獨特的東西。是什麼？他一直無從得知。因此，他僅止於去感受，而沒有界定它。長久以來，他一直在尋找答案，但始終未能成功。而這個星期三，多虧了這名男子，他開始懷疑除了他自己，是否還有其他人也能像他一樣非常專注地傾聽蒙娜說的每一個字、每一句話，並解開這個謎團……。當然，可能有，也可能沒有。再說，這個謎題是否眞的存在，或者純粹只是他的臆測？

至於蒙娜，她或多或少有意識地努力設定一個前進的方向。她還在思索奧菲斯、尤麗狄絲與冥界的故事。「眞是個白痴！眞是個白痴！」她在心裡反覆咒罵，想像著詩人在那個致命的一刻轉過頭的情景。

「爺耶，拜託你告訴我爲什麼奧菲斯會轉頭？這眞的很蠢啊！」

「總有一天妳會明白，蒙娜，當妳墜入愛河的那一天。」

7
林布蘭
認識自己

7
Rembrandt
Connais-toi toi-même

卡蜜兒決定了，這一次，她一定要趁著去找馮．奧斯特醫師做檢查的時候，問清楚蒙娜是否可能再次失明，甚至更糟的是永遠失去視力。這一個半月來，這個問題一直盤旋在她腦中。她無法持續專注在一件工作上，因爲這個揮之不去的問題很快就會浮現。更讓她感到疲憊的是，她發誓絕不上網查詢，但抗拒這種誘惑的意志力最終讓她精疲力竭。卡蜜兒告訴自己，醫師的意見至少能幫她稍微釐清一下這個縈繞於心的困擾。她帶著女兒在夏特雷地鐵站[52]的走道上快步前行，並不斷地問自己：「蒙娜是否總有一天會失明？機率是多少？」

在車站數不盡的灰色走道裡，當卡蜜兒的腳步再次加快，蒙娜卻猛然拉住她。卡蜜兒正沉浸在自己的思緒裡，與人群及周遭的喧囂隔絕，她焦躁不安但果斷堅決，卻突然感覺自己絆到一個障礙物。她摔了一跤，那是一名躺在地上的流浪漢的腳，極度煩躁的卡蜜兒怒吼：

「小心點，該死！」

52 Châtelet

男子不知所措，一時反應不過來，只能用一種令人尷尬的禮貌回答：

「我是盲人，女士。」

然後，卡蜜兒立刻看到一塊磨損的紙板，上面潦草地寫了幾句懇求施捨的話，其中有一個大大的「盲」字；她震驚地看著掉在地上的黑色眼鏡；她還看到蒙娜的藍色長褲就在一旁。她剛剛在地鐵站的走道上，就在她因擔心女兒的眼睛而要帶她去醫院的時候，撞到了一位眼盲的流浪漢。一陣巨大的戰慄讓她僵住了。她不發一言，幾乎是驚慌失措地站了起來，隨即帶著蒙娜衝出去。她假裝看了看手機，藉口工作上發生意外，然後向她女兒宣布：

「我們今天不去醫師那兒，親愛的，我必須回家。」

中世紀有個波斯故事，講的是有天早上，一名大臣在巴格達的市場上與穿著深色衣服、瘦骨嶙峋的死神擦身而過，他非常驚恐，因爲死神對他做了一個手勢，然而他還年輕而且身體很好。大臣去見哈里發，表示他要立刻前往撒馬爾罕城，好躲開這個不祥的邀約。哈里發同意了，讓他的大臣策馬離開。不過，困惑的哈里發召見了死神，問祂爲什麼要在巴格達的市場上驚擾一位正值盛年的英勇大臣。死神反駁：「我沒有嚇他，我只是做了一個驚訝的手勢！我正巧在巴格達的市場上遇見他，這讓我很訝異，因爲我們今晚有約，就在撒馬爾罕城……」

卡蜜兒回想起這個一直讓她感到害怕的傳說。她覺得想要逃避命運是徒勞無功的，或者更確切地說，她覺得自己是在笨拙地想讓女兒擺脫命運；取消跟醫師的會面來逃避診斷是荒謬的，完全無法保護任何人免於不幸。但她還是打電話到馮．奧斯特醫師的診間，用一種拘泥客套的語調將日期延後，而且是延到很後面。掛上電話後，她看到蒙娜一臉陰沉。

「怎麼了？」

「還好……」

「我很了解妳，蒙娜，妳有點氣惱，但是我們會回去看醫師的。妳等著，一切都會變好。」

「媽媽……我只是因爲妳在地鐵裡跟那位可憐的先生說話的方式……」

蒙娜是對的。羞愧的卡蜜兒返回去想向那名可憐的人道歉並慰問他的情況，但是他已經不見了。

*

孩提時代，我們被教導說謊是不好的。蒙娜知道她每週對父母撒謊，說她去看兒童心理醫師，但實際上卻是跟「爺耶」去博物館。她向爺耶談及此事，還提到了木偶皮諾丘……。她每週三這樣欺瞞父母，是否也會一點一滴地發生變化？我們能否看出一個人是在欺騙、誘人上當？亨利揉了揉她的鼻子，向她保證無論如何，她的鼻子都沒有什麼改變。他由衷地笑了起來。但是他也不想單純讚揚故弄玄虛的行爲，即使其目的是無可指責的。就道德上來說，這件事太嚴重了，不能草率處理。如何讓一個被教導要誠實的孩子明白，什麼是介於灰色地帶、什麼是眞假交織？如何協調善惡二元論，同時不會讓她感到懊惱、迷惑與失望？這是一項難以克服的工作。亨利很清楚，只有人生經驗才能做到這樣的調和；他過於直接的言論只會對蒙娜產生反效果。他一邊想著，一邊接近羅浮宮，告訴自己現在該去德農館的三樓了。現在正是提及明暗對比概念的好時機……

在一公尺高的畫布上，一名頭戴白色室內軟帽的中年男子呈現四分之三側身的坐姿，被來自構圖左上角的光線所照亮。在臃腫的鼻子兩側，有一雙茫然且憂鬱的眼睛在注視著觀眾，布滿深刻皺紋的皮膚下垂至通紅的臉頰處，在朦朧的微光中閃閃發亮。他的額頭上有著悲傷的皺紋，而嘴角皺紋則更柔和，也更有嘲諷的意味。些許不修邊幅的鬍子和一頭鬈髮使得這張臉顯得有點花白，而頭部以下的光線則較為黯淡。模特兒的外套雖然沒有與陰暗的背景融為一體，但至少給人一種苦苦掙脫、甚至是迷失於其中的印象。更低一點，在腰部附近，光線再次出現，照亮了一隻拿著畫杖的手（畫杖是一種木棍，用來支撐藝術家的手，幫助畫家描繪細節），另一隻手則緊緊抓著一塊布、幾支畫筆和一個調色盤，盤中清楚呈現出鮮紅色、金褐色和白色這三種顏色，白色中間則有少許的黑色。最後，右邊還有一塊木板的邊緣，那是畫中主角正在創作的一幅畫的背面。

「又是一幅肖像畫，」十一分鐘後，蒙娜開口道，「就像那位波希米亞女郎的肖像畫，這裡也能清楚看到塗料的痕跡，我是說筆觸相當厚重。波希米亞女郎很歡樂；相反的，他是悲傷的。但這兩個人還是有相似之處……」

「這個嘛，蒙娜，妳眞是讓我印象深刻！這才只是我們看的第七件作品，這會兒妳就能開始鑑賞了。〈波西米亞女郎〉是弗蘭斯．哈爾斯畫的，而這幅畫是畫家林布蘭爲自己畫的肖像畫，也就是自畫像，這是當時一種相當新的繪畫類型，大約在一五〇〇年左右出現。很少有藝術家敢在自畫像中呈現在工作室裡拿著畫具的自己，但林布蘭在五十四歲時創作的這件作品就是這樣。他比哈爾斯晚了二十年出生，確切地說是在一六〇六年。然而這兩個人彼此認識，而且如同妳所看到的，他們屬於同一個畫派，就是十七世紀的荷蘭畫派。哈爾斯的整個職業生涯都在哈倫度過，而來自大學城萊登[53]的林布蘭則很快就搬到了阿姆斯特丹，那是一個熱鬧、繁榮的港口，聚集了來自世界各地的商品，這一點正是藝術家特別喜愛的。妳在這裡看不到，但是在林布蘭從年輕到一六六九年去世時所畫的四十幅自畫像中，很多時候他都穿戴著東方服裝、飾物或盔甲。有非常多奇特的飾品都是他在市集或拍賣會上購買與蒐集來的。」

「林布蘭會是爸爸的好顧客！」

「沒錯。喏，此外，就像妳父親，林布蘭也是一名商人。他在阿姆斯特丹的猶太區有一間大房子，他在一樓經營一間商店，賣他的畫作和版畫，但也有賣其他藝術家的作品。妳要知道，今日我們還能去參觀那座宅第。」

「我好想去！」

「妳會去的，蒙娜，要有耐心。妳會見到阿姆斯特丹到處都有運河；這座城市給人一種在浪濤上顛簸的印象。冬天，霧氣茫茫，高深莫測。整個氛圍是神祕的，我們常在北歐畫家的色調中找到這種神祕感。特別是在林布蘭的作品裡。」

「我想我懂了，爺耶！在阿姆斯特丹，天氣潮濕、寒冷，而且天黑得早……。所以那裡的畫家，他們的風格就很像他們居住的城市！就是因爲如此，所以林布蘭的這幅畫就看起來很模糊……。我說得對嗎？」

「不錯，滿分十分，妳得八分，蒙娜。」

她對自己的成績很滿意。

「但是，」他趕緊繼續說，「要小心，不要以爲地理與其風景和氣象就決定了繪畫風格。我們的確經常將文藝復興時期義大利藝術裡的燦爛陽光，和荷蘭人的陰鬱冷漠加以對比。這不算錯，但所有這些都需要更細微的分析。林布蘭深受一名義大利人的影響，那個人

53 萊登（Leyde）位於荷蘭西部，離哈倫很近。

本身就是一名黑暗大師。他叫做卡拉瓦喬[54]。他在一六一〇年去世之前有過短暫但耀眼的職業生涯，不過醜聞纏身，因爲他是一名罪犯，曾多次入獄，但最重要的是，他提出一項重大創新，顚覆了繪畫界，那就是在同一構圖中使用強烈的對比。這就是明暗對照法。」

「喔！好美的詞！」

「義大利文更美，*il chiaroscuro*（蒙娜爲了吸收這個詞跟著重複了一遍）。有了明暗對照法，黑色不再對顏色造成損害，也不是對顏色的否定；它成爲顏色的傳聲筒。黑色開始入侵畫作，吞噬了畫作。」

這些話對小女孩的記憶產生了如閃電般強烈的效果，她看著林布蘭的自畫像，突然感到一陣戰慄。她緊緊地蜷縮在祖父身邊，後者用輕柔的聲音繼續解釋。

「林布蘭畫畫時，首先會塗上一層均勻的棕色，這就成了背景。接著他會布置光亮的部分；據說他甚至在開始畫畫之前，就決定好了畫布上最明亮的地方。之後，他的技巧就類似於慢慢揭露主題，彷彿主題就從黑暗中浮現。但是，並非所有的一切都是以相同的程度顯現，而這正是明暗對照法的微妙之處：一開始構圖時就確定的明亮區域會更明顯、更有穿透力。」

「我啊，我覺得他的臉在發亮。他一定非常愛自己！」

「等等，再聽我講講。回想一下我跟妳說的關於拉斐爾的事情，他是君主中的君主，而且在整個歐洲，畫家的地位從文藝復興時期開始有了改變。到了十七世紀，林布蘭承襲了這場演變和這種新觀點，自此，他不再被視爲一個具備手工天賦與手藝知識的簡單工匠；他成了藝術家，人們認可他的精神、天才和獨特性。因此，林布蘭透過爲自己畫肖像來確認他的個體性，這是合乎邏輯的；我們也可以預期收藏家會想要收藏這個男人的肖像，因爲他是阿姆斯特丹眞正的明星。」

「林布蘭像拉斐爾一樣很有錢，而且工作室裡有很多人嗎？」

「林布蘭的確有非常多的合作者，而且他也曾經不缺錢。但正如妳在此見到的，他是一個窮困的男人，確切地說，他於一六五六年宣布破產。」

「破產」！蒙娜很熟悉這個字，她在一場談話中聽到這個字像蒸氣一樣，從她父親嘟

54 Caravage，一五七一—一六一〇。

噥的嘴裡冒出來。

「林布蘭是怎麼破產的？」

「起初他非常成功，收到許多大型同業公會——也就是職業協會的委託，包括醫師、法官、軍人……。但是，他非常我行我素；他一直都不喜歡贊助人，而且對待委託人很粗暴，例如，畫肖像畫時，他要求擺姿勢的時間長得可怕，或是當他不滿意成品時就延遲交付。而且這種情況可以持續好幾年！在那個壽命比現在還要短得多的時代，妳可以想像某些客人的憤怒，他們有時甚至會對他提起訴訟！但是林布蘭沒有因商業成功而做出任何妥協，他的每一幅畫都必須符合他的藝術視角。結果，他的生活方式讓他負債累累，最後不得不宣布破產。他以非常低的價格賣掉他所擁有的一切，搬出了他的華麗宅第，還捲入好幾場官司。他的人生經歷了許多不幸的事情，首先是三個孩子的去世，一六四二年他的妻子莎斯姬亞[55]過世。除了破產，他還必須承受伴侶亨德莉克[56]死於瘟疫的痛苦，以及兒子提圖斯的逝世……」

「當生活如此糟糕，怎麼可能還繼續畫畫？」

「沒錯，蒙娜，這幅自畫像在藝術家的形象裡刻下榮耀與厄運的起伏。它表達了一種深深的憂鬱，而明暗對照法的色彩運用及陰影深淵顯示出林布蘭如何意識到時間的流逝。他不僅自我剖析；他也敢於剖析流逝的時間、注定失敗的生存與毀滅之爭。*To be or not to be*，這是在一六〇三年上演的莎士比亞悲劇中，哈姆雷特所喊出的句子。半個世紀後，林布蘭的自畫像也低聲呢喃著這句話。還有別的東西……」

「什麼？爺耶，他悄悄說了什麼？我想聽……」

「注意聽著，蒙娜，*Gnôthi seautón*。」

「『紐提』什麼？」

「*Gnôthi seautón*……**認識自己**。這是一句古希臘語，這句格言就刻在德爾菲神廟[57]的入口，古代的哲學家蘇格拉底喜歡用這句格言來表明人類的地位……。人類雖然是眾神的

55 莎斯姬亞．林布蘭（Saskia van Uylenburgh，一六一二—一六四二），與林布蘭育有四名子女，但只有最小的兒子提圖斯（Titus，一六四一—一六六八）長大成人。
56 Hendrickje Stoffels，一六二六—一六六三。
57 在希臘神話中，德爾菲（Delphes）是世界的中心，這裡有一座獻給太陽神阿波羅的神廟，女祭司在此傳達神諭。

模糊影子，但仍自以爲是太陽。**認識自己**，還有你的優勢，更重要的是你的劣勢和你的限制；衡量你是誰，還有你脆弱的偉大性與你的偶然性。林布蘭意識到自己的天分，他擺出在畫架前的姿勢來炫耀這一點，他的頭、手和調色盤都在光線之下。他也是一名飽受折磨的基督徒，他知道自己是個悲慘的人，值得被憐憫。看吶，蒙娜！在他小小的調色盤上有鮮紅色、金褐色和白色。畫家們要到後來才會用更大的調色盤。這些顏色可以描繪出肉色、肌理、皮膚。林布蘭對此很堅持。他畫的，首先是他的身體。在那些於十七世紀初期出現、由鍍上水銀的拋光玻璃製成的巨大平面鏡子裡，他的身體被反覆察看與檢視。這個身體已經磨損了。他畫的，就是他不確定的眞相。*Gnôthi seautón*……」

外面，冬日午後正逐漸融入夜晚。冬至卽將到來，白日會開始漸漸變長，光明將慢慢驅散黑暗。而蒙娜想要在其中看到一個隱藏起來的訊息，畢竟我們認爲光明總是會戰勝黑暗。因爲，在巴黎，聖誕裝飾正閃爍著……

8

約翰尼斯・維梅爾

至小即至大

8

Johannes Vermeer

L'infiniment petit est infiniment grand

假期結束了。平安夜是沉悶的，蒙娜想到要在聖誕樹下拆開禮物，很訝異自己竟然沒有像往年一樣興奮。而且這些禮物裡並沒有小動物，既沒有小狗，也沒有小貓。不像莉莉，她父母送了一隻小貓給她。相反地，保羅和卡蜜兒准許蒙娜招待她兩位最好的朋友在房間裡過新年，享受這個有點特別的夜晚。這個夜晚是用來慶祝世界的自我重生和重新開始，而且如果她們有精力的話，可以一起玩到天亮。婕德主導了整個晚上，她具有一些人自幼就擁有的罕見天賦，那就是不甘於單調乏味。夜深了，她們決定要試著玩一種叫做「真心話大冒險」的遊戲。婕德聲稱是去年夏天她的表兄們教她玩的。錯。當時她只是旁觀了一場激烈的遊戲，但沒有參與其中。那個集體激動的氣氛近乎一種恍惚出神的狀態。她對這個遊戲原則的絕對簡單性和有效性既排斥又受到吸引，一直夢想著能與她的朋友們一起隨心所欲地玩這個遊戲。規則如下：參與者輪流選擇執行一個其他人規定的挑釁動作，或是誠實回答一個冒失的問題。

莉莉很熱情，蒙娜也隨之起舞，於是婕德開始了：

「大冒險或眞心話？」

莉莉喊：

「大冒險！」

她被命令用鼻子吸取湯匙上的一小撮芥末。她勇敢地完成了任務，雖然感覺臉龐內部如火燒般疼痛，而遊戲也就此開始。挑戰一個接著一個來：把水球丟到窗外、隨機打電話並說「新年快樂！」、敲熟睡中的父母的房門……。她們笑得很開心。而且，很快地，三個女孩無須明說，但都能感覺到，在這場瘋狂的比賽裡，有一種瘋狂的破壞力，這種力量不能超過一定的限度，否則羞辱就有可能取代遊戲，更糟的是成爲遊戲本身。

然後，又輪到蒙娜了。

「大冒險或眞心話？」莉莉氣喘吁吁地不知道是第幾次問她了。

「眞心話。」蒙娜回答，同時抓著她祖母的幸運吊墜。

暫停片刻後，婕德和莉莉密談了一下，確認她們想讓同學透露哪些被隱藏起來、難以啟齒的事情。她們隱約感到既尷尬又興奮，隨後驚訝地發現她們想知道的事情完全一樣。

「妳最想吻學校裡的哪個男生？」

蒙娜的思維反應幾乎是本能的，腦中浮現的名字和臉孔讓她極爲不舒服，無數的屏障、抵禦和詭計隨即侵襲了她的大腦，她甚至不需要刻意去尋找。但是蒙娜拒絕這麼輕易讓步。她努力展現誠意，克服了緊繃的喉嚨後，懷著既擔心又困惑的心情，自豪地吐實：

「紀堯姆。」

「紀堯姆？那個留級生？」婕德難以置信地大叫。

「對，我討厭他。而且……而且……總之，對，就是他，是紀堯姆。」

*

在蒙娜的整個童年裡，她從未受到聖誕老人的影響。從她有記憶以來，她就覺得這個溫厚、慷慨送禮的虛構老爺爺形象既怪誕又悲傷。她無法相信聖誕老人，對於那些在街上和商店裡穿著這種可笑的衣服、戴著白鬍子的可憐人，她只感到憐憫，然而他們本該是要讓孩子們開心的。於是她移開目光，因爲她希望能適時扭轉局面，來鼓勵被如此裝扮與被輕視的他們。這也許是因爲她那位削瘦、鬍子刮得乾乾淨淨的祖父亨利，儘管他的外表與這個愚蠢的商業發明完全相反，但這並不妨礙他成爲一個非常慷慨的人。那個星期三，他決定要帶蒙娜去看維梅爾的作品。

這件作品很小，形狀接近正方形的矩形，描繪的是一個坐在書房裡的男性，或者更確切地說，他稍微從木椅上起身，側身面向構圖的左邊。這名年輕學者留著褐色的長髮，右手觸摸著放在寫字檯上的球體，這隻手的拇指像指南針一樣與食指和中指分開，似乎正沿著球體的曲線移動，球體上畫滿了神祕的銘文。他穿著一件顏色不明的寬大外套，隨著時間的流逝，綠色的顏料已經變成了藍色。寫字檯上除了球體，還覆蓋著一塊有花卉圖案的厚重群青藍布料。這塊布起伏不平、呈現波浪狀，部分遮住了星盤。家具上有一本打開的書，面向著這名學者。左邊的牆上有一扇格子窗，一道溫暖的北國陽光從窗戶透進來。遠景有一個與窗戶形成直角的櫃子，距離畫中人物約一公尺，櫃子頂部擺放著書籍並覆蓋了一張地圖。右側則掛著一幅被截掉的裱框畫作，畫中遊蕩著幾乎難以辨識的灰色剪影。這是一幅畫中畫。

這是蒙娜第八次來到羅浮宮，但是面對維梅爾的〈天文學家〉，她第一次眞心地充分感受到一種感官上的愉悅。在此之前，她主要是接受了與祖父的約定，而她確實也從與他的交流中獲得了眞實的樂趣。但是她並沒有告訴祖父，這一次她應該可以滿足於獨自面對這幅集中了大量物件和材料的小畫作。站在〈天文學家〉這幅畫之前，她默默地看著沉思的學者以及那片傾瀉的柔和光線，忘了要爲討論而思索這幅畫。亨利察覺到了這件事。孩子的航向似乎遠離了幼時的歡樂領土，這個超脫的場景讓他感到驚奇。他爲此感到自豪，但內心深處又有點痛苦，因爲他預感自己會在這個奇異的時間轉變中缺席。

「好奇怪喔，這顆球……」蒙娜終於開口了。「通常我們應該會看到國家，但現在看到的卻是動物，眞的很奇怪……」

「這很正常，因爲這是一個天體儀；它是一個球體，用來爲天文學家繪製天空圖，還有以黃道符號表示的星座。所以，絕無可能在那裡認出我們的海岸和邊界！妳眼前這幅〈天文學家〉與另外一幅小畫作是一對的，可惜它不在羅浮宮裡，那幅畫叫做〈地理學家〉[58]。妳會在那裡發現一模一樣的男孩，氣色好、留著長髮，容貌如同女性般精緻。但是在〈地理學家〉裡，那顆球被畫成地球儀。」

「我啊，爺耶，我喜歡歷史，但對地理的興趣較少……」

「那妳就錯了，蒙娜。因爲這兩者是不可分的。而且我馬上就能向妳證明這一點，因爲我會解釋這幅畫的創作背景，也就是一六六〇年代末葉的情況。妳想像一下，在歐洲北部，有兩個區域激烈對立。首先是法蘭德斯[59]，這個地區差不多相當於今日的比利時，在十七世紀時由歐洲大陸最強大的家族哈布斯堡王朝統治。哈布斯堡家族是天主教徒，不惜一切代價要頌揚他們的統治和宗教信仰。他們在與基督教的另一個分支經過多年的血腥鬥爭後，想要展現天主教勝利的形象。這個分支是新教教徒，誕生於一百年前，又稱爲宗教改革者。在撕裂整個歐洲的慘烈內戰之後，哈布斯堡家族的振興策略很自然地就被稱爲『反宗教改革』。在這場運動中，有一位偉大的藝術家，他就是魯本斯[60]。魯本斯逝世於一六四〇年，在安特衛普[61]有一間超大的工作室。他那巨大、宏偉、壯觀的繪畫作品堪稱是米開朗基羅藝術的繼承人。妳可以想像魯本斯是一位不可思議的人物，他既是藝術家、博學家、外交家，也是一名商人。」

「爲什麼你要跟我講這個人？我們眼前這幅畫是另一個人的作品啊。我猜你走錯展廳

58 *Le Géographe*
59 法蘭德斯地區（Flandres）主要在今日比利時的荷語區。
60 Peter Paul Rubens，一五七七—一六四〇。
61 安特衛普（Anvers）位於比利時北部的荷語區。

了，爺耶……」

「不，我親愛的，我沒有走錯。而且，很遺憾我們不可能一起走完整個羅浮宮。但是我想跟妳談談法蘭德斯，好讓妳能透過比較來了解鄰近的荷蘭。荷蘭是一個對所有宗教都開放的共和國，包括新教在內。這個國家思想自由，而且隨著城市的發展，經濟也跟著突飛猛進。維梅爾不像魯本斯那樣是一名大無畏的政治或宗教使者；他比較像是敏銳的日常生活翻譯者，既不悲慘（他差得遠了），但也沒什麼壯闊波瀾的故事。我們對他所知甚少，幾乎是**零**，有關其生平的資訊非常少。我們知道他有十一個孩子，住在台夫特[62]，但我們對他的長相一無所知，已知的作品非常少，差不多三十件而已，畫作的主題非常少，而且尺寸也很小。」

「但為什麼我們對有些人知道得這麼多，例如林布蘭，但對其他人就知道得很少？」

「妳要明白，要認識一名藝術家，我們就必須有證據和檔案，例如信件、日記、他買賣物件的痕跡。當然，維梅爾在當時是很有名的畫家，而且很受到收藏家的賞識，光是他的一幅畫就相當於石匠或鐵匠好幾年的薪水，只有極其富有的人才能獲得，因此，他是備受歡迎與追捧的。不過他也沒有特別出名。他隸屬於一個畫家社群，但也不是其中最引人注目的創作者。他寧可重拾別人已經處理過的主題，例如親密、舒適的家庭生活時刻，再加上一、兩個人物以及一堆通常非常複雜的物件。此外，我們認爲他使用了**暗箱**，這是一種光學裝置，是現代照相設備的前身，這讓他能捕捉尺寸非常小的影像、調整畫面的清晰與模糊部分，並透過在毛玻璃上描繪圖像的方式來鋪設畫作的結構基礎，尤其是透視線條。早在那個世紀初，林布蘭就有一間非常漂亮的工作室，而魯本斯則有一座名副其實的工廠，裡面有數十位專精各種任務的合作伙伴，從研磨顏料到製作掛毯都有！維梅爾則是獨自工作，滿足於在他位於台夫特的房子裡，探索那些小房間所有可能的場景。因此，他過的是低調的生活，當他去世時，沒有任何檔案、也幾乎沒有任何跟他有關的文件被保留下來。所以，我們需要時間，還有，我想說的是，我們也需要某些**觀看者**的天賦，才能評斷出他準確的價值、辨識出他眞正的獨特特質。最偉大的天才需要靈敏與有遠見的觀眾，蒙娜！」

「就像我們，爺耶！」

62 台夫特（Delft）位於荷蘭西部。

「尤其是像妳！但是在我們討論的這個例子裡，我們首先要向十九世紀一位名叫提奧菲爾．托雷[63]的藝術評論家致意，妳想像一下，他能研究維梅爾，那是因爲一八四九年他因政治問題被判死刑後，不得不離開法國。他逃到比利時和荷蘭，並利用這個機會調查我們的畫家，挖掘出大量的畫作……。這眞像是小說情節！」

「但是畫中那個人，他在用天體儀做什麼啊？」

「我們只能假設，但他一定是在驗證書裡的某個數據、某個測量結果。而且他正在繪製宇宙圖……。妳要知道，蒙娜，在十六與十七世紀，儘管哥白尼、克卜勒和伽利略等偉大的科學家都證明了是地球繞著太陽轉，而非反過來的，但是教會持續強加一種教義上的看法，認爲人類才是一切的中心。但是，維梅爾生活在一個繁榮、有良好教育的社會，教會的這種信念在此受到挑戰。我們想要以嚴謹和條理來揭開天地萬物的奧祕。在海上，有探險家在航行，而在工作室裡，我們透過計算和想像力在空間中航行。再說，維梅爾畫的這位天文學家，在他之前也有其他人畫過，例如來自萊登、同樣是畫家的傑瑞特．道[64]。簡單來說，傑瑞特．道畫的是夜間秉燭的天文學家，這比較像是一名占星家，甚至是一名煉金術士，也就是某種巫師。維梅爾則是把天文學家置於陽光下，以淸楚表明他正在從事理性的工作，也就是這個人正在學習。」

「那後面那幅畫，那是什麼？」

「無法臆測。維梅爾沒有提供任何線索，但是藝術史學家透過交叉比對和演繹法，成功推斷那是〈自水中獲救的摩西〉[65]，是第一位先知逃離死亡並完成解救其人民這個使命的奇蹟。妳可以在那裡看到任何妳想要的象徵，蒙娜。對我來說，我相信神聖故事出現在風俗畫中，主要是爲了提醒人們靈性的重要性。而且我們必須避免誤解這種現象，不要讓畫布成爲理性對抗信仰的幼稚頌揚……。球體、星盤、書籍等所有這些配件都指向世界的尺度、運轉與元素。這塊小畫布上充滿了細微點狀、光線粒子、極細筆法的筆觸。它在一個非常狹隘的空間中展現了一個微型宇宙。在這些小細節中，處處湧現出一個難以計量的世界。世界的無限在四處躍動，爲的是要挑戰我們的知性、刺激我們的遐想。」

63 提奧菲爾·托雷（Théophile Thoré，一八〇七—一八六九），法國記者暨藝評家。

64 傑瑞特·道（Gerrit Dou，一六一三—一六七五），林布蘭的學生。

65 *Moïse sauvé des eaux*

亨利是否會提到，隔年，一六六九年，布萊茲．帕斯卡[66]的《思想錄》在他死後出版，其中包括了他對至大和至小這兩個無限的思考？他看到蒙娜有點頭暈，決定就解釋到此。對一顆這麼小的腦袋來說，這已經夠多了，巴斯卡可以等等……。他的孫女只需要一杯帶著泡沫的熱巧克力。

[66] 布萊茲．帕斯卡（Blaise Pascal，一六二三—一六六二），法國哲學家、數學家暨神學家。他過世後，其思想筆記被時人編成《思想錄》（*Pensées*），是一本未竟之作。

9

尼古拉・普桑

願你無所畏懼

9

Nicolas Poussin

Que rien ne te fasse trembler

保羅的店鋪在年終節慶時，幾乎沒有賣出什麼東西，或者該說賣得極少，於是他決定廉價出售大型電影海報，特別是以幾十歐元的價格賣掉了安德烈．塔可夫斯基[67]的《潛行者》，而非實際價值的幾百歐元。這張海報的狀態完好，還有插畫家的親筆簽名，上面描繪了一扇大門，門前的沙丘中間有三個微小的人物，門上有一個讓人聯想到狗或狼的動物面具。保羅很心痛，因爲他不得不接受買方糟糕的議價，但他最後還是同意了。另一方面，卡蜜兒想向他購買一大批三十三轉的黑膠唱片，說是要送給協會裡的同伴，但他沒有接受。保羅在其中見到了妻子展現的眞愛，但同時也感受到一份無法忍受的憐憫。

他的資金週轉問題變得越來越令人擔心，導致他現在很注意要減少所有的開支。儘管冬天嚴寒，但他堅持關掉對流式暖氣，而且只使用最低限度的照明。但是他對於能夠帶來溫暖的紅酒卻毫不吝嗇。然而他知道，酒精擴張血管的作用只是暫時且虛假的，更不能指望它可以有效對抗寒意，但保羅並不在意……

放學後，蒙娜去了舊貨店，因爲卡蜜兒那天不得不延長她在馬利非法移民援助協會的會計工作，這個協會支持位於蒙特伊鎮巴拉街[68]上的移民之家。蒙娜喜歡假裝像個大人一樣工作，所以保羅爲了分散她的注意力，會分派給她一些小工作，她會很認眞地完成。

她迫不及待地把自己投射到「大人」的生活裡，感到非常驕傲，而且無法明白爲什麼她的父母會懷念學校和童年的時光。

在舊貨店裡，蒙娜害怕兩件事，一個是豎滿肢臂或尖刺的鋼製瀝水瓶架，這讓她依稀想到一個惡名昭彰的怪物，另一個是通向巨大黑暗地窖的地板門。然而，她卻毫不遲疑地把自己關進店鋪後方的房間裡，她習慣在那裡爲保羅抄寫舊美國雜誌上的資料。這些雜誌是保羅四處收購來的，裡面的英文標題散發出一種咒語般的魔力。這些小本子常被眞菌侵蝕，但世界各地都有業餘愛好者——她父親不斷向她重申這一點。保羅正在整理一台聲音過於沉悶的自動點唱機，她則像抄寫僧侶般小心翼翼地執行她的工作。往日流行的法蘭絲·蓋兒[69]歌曲在舊貨店內反覆迴響。當〈塞尚在畫畫〉[70]響起，灰塵讓蒙娜突然打了個

67 安德烈·塔可夫斯基（Andreï Tarkovski，一九三二—一九八六），蘇聯導演。由他執導、一九七九年上映的電影《潛行者》（*Stalker*）結合了科幻、哲學、心理學和神學題材。

68 Rue Bara

69 法蘭絲·蓋兒（France Gall，一九四七—二〇一八），法國歌手。

70 〈塞尚在畫畫〉（Cézanne peint）這首歌發行於一九八五年。

噴噓，她猛然向後倒，撞上了架子，一個巨大的盒子掉到地上並立刻開啟。小女孩沒有跟她父親說這件事，而是檢查了這個盒子，並在一疊《生活》雜誌中發現了十幾個散落的小鉛製雕像，它們顯然是被遺忘了。儘管房內光線微弱，但她用指尖摸索到一種令人著迷的精緻。那是玩具還是小擺飾？她輕撫著迷你的敲鈸小丑，讚嘆它精緻的浮雕與珍珠般的色澤，特別是帽子的紅色。這種美讓她決定將這個物件放在店鋪的陳列架上，在展示商品的寬敞空間裡占據一個不起眼的角落。蒙娜告訴自己，反正她的父親不會注意到這麼小的雕像，但是這個小雕像會照看著他，在黑暗中稍微彌補一下他的孤獨。

*

起風了，溫暖的羅浮宮像是用了一個寬大的絲綢罩子來呵護它的訪客。蒙娜穿著一件厚重的連帽外套、一雙點綴著白毛的靴子。她的樣子與祖父帶她去看的春天畫作形成了強烈的對比。

四名身處在大自然中的牧羊人圍著一座灰色的石頭陵墓，這座陵墓位於構圖的中央，與畫中人物相比，它大約高一公尺半。這群人中有三名是男性。站在陵墓左邊的那位年輕人拄著一根大棍子，胳膊放在棺蓋上，穿著已經變成粉色的白色披裹式衣服，鬈髮上戴著長春藤編織的花冠，看著蹲在身邊的第二名牧者。第二名牧者半遮著身子，棕色鬍子讓他看起來更成熟，他正在檢查刻在陵墓上的一個句子。第三位男性位於陵墓的右側，就站在前述兩人的對面。這名男子也相當年輕，他穿著一件紅色的披裹式衣服，雖然站著，但身體前傾，穿著白色涼鞋的那隻腳放在一塊方形石頭上，食指指著刻上去的字。他轉頭看向第四個人物，那是一名女性，她將一隻手放在這位男子的肩上。這名女子穿著黃藍相間的衣服，頭上纏著頭巾。她微笑著，也許是強忍著笑。整體描繪得非常清晰，只有刻在墓上的十四個字母不夠清楚。這些字有點模糊不清，它們被兩名屈膝牧者的影子和肢體遮住了。遠處有兩棵樹，近處則有一堆樹幹和樹葉。我們可以在地平線上瞥見藍天白雲下的陡峭山岳。儘管整體看起來還很明亮，但呈現的是一種黃昏的氛圍。

「那個啊，蒙娜，妳貼著這幅畫看已經有十五分鐘了，像樹枝一樣動也不動，還駝著背。小心點，背會壞掉……」

「喔，爺耶！再等一下……」

亨利看著蒙娜，感覺她在畫前掙扎，就像那些牧羊人在陵墓前掙扎一樣。他畫外的孫女跟畫中的人物有著驚人的共鳴。亨利還想到衆多詮釋這件傑作的假設，這些假設一個比一個還要高深，特別是歐文・潘諾夫斯基[71]的說法。啊！潘諾夫斯基！在藝術史的萬神殿中，這個名字默默無聞，但是亨利尊崇他，就像原子物理學家尊崇愛因斯坦一樣。而且，正如愛因斯坦渴望發現能統一四大物理定律的基本定律，潘諾夫斯基也在尋找一種凝視和圖像的終極法則，但當然未能完全成功。這讓亨利著迷，因爲沒有什麼比透過凝視來感知與世界的關係更明顯，但也沒有什麼比這更難以捉摸了……

「好吧，爺耶，我放棄。」蒙娜突然出聲。「這塊石頭上到底寫了什麼？我知道必須讀這個訊息，因爲它吸引了畫中所有人的注意力。但是我，我卡住了！」

「眞的？但這是一句相當簡單的拉丁短語……」

「我對拉丁文一無所知，爺耶！」

「我知道，我逗著妳玩的。再說，我也不會講拉丁文。不過我還是知道這句話的。這裡寫的是『*Et in Arcadia ego*』，簡單來說就是：『我也是，我住在阿卡迪亞』。」

「哪兒？」

「阿卡迪亞。今天仍是希臘伯羅奔尼撒半島[72]上的一個專區。對十七世紀受過教育的人來說，這句話並不難辨讀，因爲當時的人會大量閱讀古典文學。不過，在希臘羅馬神話中，例如對出生於西元前一世紀的維吉爾[73]或奧維德來說，阿卡迪亞是一個牧羊人的地區，據說那裡的生活極爲甜美、愉悅。阿卡迪亞被視爲是幸福之地。」

「而這就是藝術家向我們呈現的……」

「是的。雖然尼古拉．普桑從沒去過希臘，但他畫的就是這個國家，還有它的田園美景與魅力。其實，在他漫長的職業生涯中，他的整個視角、他所有對自然的描繪，都在表達這種阿卡迪亞式的理想，也就是在令人安心的豐盛與極致的簡約之間的一種平衡。不會

---

71 歐文．潘諾夫斯基（Erwin Panofsky，一八九二—一九六八），猶太裔德國藝術史學家。

72 伯羅奔尼撒半島（Péloponnèse）位於希臘南部。

73 維吉爾（Virgile，西元前七〇年至西元前十九年），古羅馬詩人。

太多，也不會太少。這種絕對的必要性既不沉重，也不缺少什麼。」

「那我啊，你知道的，當爸爸跟媽媽在看風景時，我總是會想到其他事情。我甚至必須承認，有時候跟他們一起散步眞的很煩，尤其是當他們看起來非常恩愛，還叫我去別的地方玩的時候……」

亨利想到畫家法蘭西斯·畢卡比亞[74]的這個句子：「面對鄉野的靜止，我感到非常無聊，甚至想要去吃樹。」但是，沒有必要讓蒙娜更困惑了；於是他吞下這句挖苦的話，繼續解釋。

「大自然並不完美，所以畫家必須要修正它。在十七世紀，流傳著一部洛馬佐[75]用義大利文寫的重要著作。這個洛馬佐說，一位藝術家在描繪自然時，必須在三方面進行修正：在不同部分之間要有適當的間隙、要考慮比例、要恰到好處地分配調色盤中的元素。恰當的線條、恰當的顏色。」

「普桑有遵守這些規則嗎？」

「是的，但他做得更多，而且是非常多。普桑非常有分寸，他尋找的是穩定性，他在方法運用上表現出極大的簡約性。就這個意義來說，他屬於十七世紀的『古典主義』，而不是我們藐視的『巴洛克』，『巴洛克』這個詞指的是『不規則的珍珠』。在普桑的畫裡，一切都很規律，一切都是精心安排的，這讓他的魅力在今日比較無法立卽展現。他不像同時代的魯本斯、西蒙．武埃[76]或其他人那樣具有衝擊力，他們的藝術是以強烈的對比、動態和熱情來激發想像力。我們討論林布蘭時，曾很快地提到卡拉瓦喬這位義大利的明暗對照法大師，普桑曾說卡拉瓦喬來到這個世界是爲了『毀滅繪畫』！」

「普桑應該會討厭今日的動作片……」

「很有可能！尤其是他更喜歡能放在畫架上的畫，而不是充滿場景與人物的大型紀念裝飾，因爲畫架上的畫尺寸小、特徵簡潔且具綜合性。」

「這幅畫裡的人物看起來有點像雕像……」

「妳是對的。雖然普桑不是雕刻家，但他的方法是先製作小蠟像，然後將它們放到一

---

74 法蘭西斯．畢卡比亞（Francis Picabia，一八七九—一九五三），法國畫家。
75 洛馬佐（Giovanni Paolo Lomazzo，一五三八—一五九二），義大利藝術家暨藝術理論家。
76 西蒙．武埃（Simon Vouet，一五九〇—一六四九），法國畫家。

個封閉的盒子裡。事實上，他會爲他的畫製作附有眼孔的三維模型，側面的板子上會打洞，讓光線能夠進入。在這個微型劇場中，他因而體驗到最適合的光照，當然還有主題人物的組織及表現力。」

「普桑很有名嗎？」

「普桑的人生很奇特。職業生涯之初，他並沒有在法國得到該有的認可。一六二四年，他前往羅馬發展，以具有道德寓意的畫作在這座永恆之城贏得聲名，接著於一六四二年被路易十三[77]召回法國，成爲『國王的首席畫家』。這個頭銜很有威信，但不適合他。我跟妳說過，普桑在經過深思熟慮的小尺寸畫布（也就是畫架上的畫）上慢慢地、沉穩地工作時，非常自在。但是在當時，一位擁有重要職能的藝術家還必須在工作室的支持下，爲君主政體創作宏偉、巨大的作品，例如掛毯、裝飾等等，還要傳遞政治訊息。就某種程度來說，這需要一位行動派的人。但普桑不是這樣的人。他在法國待的時間很短，很快就返回義大利，並在那裡度過餘生。他死的時候是七十一歲，在當時來說，算是很老了……」

蒙娜目瞪口呆地看著她祖父，後者狡黠地微笑著。他早就已經過了那個年紀，而在她眼中，他就是不朽。

「那你呢？爺耶，你比較喜歡法國還是義大利？」

「我喜歡阿爾卑斯山，我親愛的（孩子沒聽懂這句妙語）。無論如何，這幅畫是在義大利創作的，就在他即將要去法國之前。妳仔細看，這三位牧羊人和這名仙女都很困惑。他們在這個墓地上發現了這個銘文，『我也是，我住在阿卡迪亞』，藝術史學家對於這個『我』的身分有諸多爭論。在墳墓外說出這些話的，是這名死者嗎？如果是這樣，那這就是一名已故牧羊人的墓誌銘，他向在阿卡迪亞的弟兄們宣告自己曾經短暫存在過。或者這是死神在說話嗎？如果是這樣，那祂就是在預告自己無處不肆虐，包括一個沒有人想過自己會死掉的田園詩般的國度。這幅畫有非常清楚的道德寓意，那就是阿卡迪亞的牧羊人發現，即使他們的生活是這麼愉悅、無憂，但還是注定會結束。這幅畫就是我們所謂的 *memento mors*——又是一個拉丁短語，蒙娜！它的意思是：要記住，你會死亡。」

「可是，爲什麼旁邊那個女的在微笑？」

「因爲沒有什麼值得讓我們畏懼，就連死亡也不例外。普桑避免將他的主題戲劇化，

[77] 路易十三（Louis XIII），一六〇一年出生，一六一〇年加冕爲王，一六四三年駕崩。

並藉此賦予他畫中的人物一種崇高、嚴肅的感覺（這讓他們很像是大理石雕像），並促使他的觀衆進行道德提升，達到一種摒除所有狂熱的精神高度。」

「我覺得我明白了，爺耶。事實上，普桑的風格很沉著，離激動還遠得很，因爲他想要他的畫作有一種……高度……」（她在論證結尾時結結巴巴。）

「一種道德提升的高度（她認眞地肯定，看起來非常嚴肅）。我還會告訴妳更多資訊。普桑年輕的時候在羅馬的一場鬥毆中傷了右手，他差點就失去右手了……。妳當然明白對一位藝術家來說，這會是一個多麼悲慘的命運，是不是？但是他的麻煩還沒結束，後來他在信中抱怨自己罹患了一種討厭的殘疾。一六四二年的時候，他就坦言自己的手會顫抖……。這應該是受到不同疾病的影響，或許也與當時的醫療有關。這種折磨不斷惡化，直到他去世爲止。不過，二十多年來，他克服了這個缺陷，並花更多的時間和精力創作出在美學上具有非凡穩定性的作品。他的畫作從未出現任何影響其動作的抖動痕跡。妳明白這個矛盾嗎？卽使手會顫抖，但沒有什麼能讓普桑畏懼！他的畫就是在勉勵我們要保有這種尊嚴。」

「那麼，爺耶，當你想到死亡的時候，你會畏懼嗎？」

「總之，每當我想到自己的死亡時，從來就不會畏懼。」

「啊……那麼，你相信上帝嗎？」

「沒有懷疑，就無法眞正相信，蒙娜。」

「這是什麼意思啊？爺耶。」

「意思是我對祂有很多疑問……」

10

菲利普・德・尚佩涅

永遠要相信奇蹟

10

Philippe de Champaigne

Crois toujours les miracles possibles

馮．奧斯特醫師按照新年儀式，向蒙娜及她母親致上最誠摯的祝願。但他沒有談到健康問題，而是指出他已經有一個半月沒給孩子做檢查了。

「實在太久了。」他咕噥著。

周圍的氣氛讓蒙娜感到緊張。醫師一觀察她的眼睛，她就看見他因專注而皺起了眉頭，於是她也不自覺地皺起臉來，這讓檢查變得困難。儘管大人們保持沉默，但她明白，一個確定的壞消息隨時都有可能突然出現。她已經扭動了整整兩分鐘，無法好好保持靜止，身體因恐懼而發抖。

「想點別的事。」馮．奧斯特如此建議，語氣就像個催眠師。

所以，大腦某處隱藏著什麼樣的祕密動力，能讓我們「想點別的事」？「別的事、別的事」蒙娜想著……最後她終於成功啟動一個抽象的拉桿，在腦中猛然投下一系列的影像，開始這場奇怪的大冒險：首先是在她父親那裡發現的小雕像，然後是正在扮鬼臉的婕德，之後是弗蘭斯．哈爾斯〈波西米亞女郎〉的冷笑，然後是「爺耶」的疤痕，接著是紀堯姆的頭髮……。她的思緒沒有固定在任何事情上，這種內心的不穩定讓她的眼睛反射性地集中到某處，直到她想起操場上擊中她太陽穴的那顆沉重且黏糊糊的球，這個回憶讓她痛到連眼皮都睜不開來。所以，醫師的方法行不通。

卡蜜兒看著女兒痛苦地接受檢查，她很想盡快結束這一切，然後她突然開始討厭醫師，也討厭自己竟然會討厭他。她想要干預，但她才剛開口，蒙娜就用一個自信成熟的手勢「等等！」阻止了她。然後，小女孩深深吸了一口氣，決心要控制自己的身體，但不是透過專注於一個令人安心的想法，而是**憑著她自己**的堅定和率直。馮．奧斯特醫師終於能投射診斷燈，追蹤瞳孔最細微的細節。蒙娜的心靈傷感地脫離了身體，飄浮著，她只聽到母親與醫師的對話片段：「現在是五十／五十了。」

*

蒙娜悶著頭跟祖父走進羅浮宮，心中對醫師充滿了疑惑。亨利熟知她的每一種表情，她低垂的圓圓腦袋顯得既悲傷又令人憐憫。她讓他想起了卡利麥羅[78]，這個角色的頭上有一個龜裂的蛋殼，就像帽子一樣罩著有兩顆大眼睛的臉。在一群全是黃色的雛雞中，只有卡利麥羅是黑色的，人生「眞的是太過分了」，而這個週三，蒙娜噘著嘴，也透露出了這種宿命。他把小女孩摟在懷裡，就像一個孩子緊緊抱著小貓一樣，但這絕對不是他的習慣。這讓她感到錯愕，但也很開心，重新準備好要瀏覽博物館的陳列廊。但亨利並沒有在那裡停留。根據他與一般人互動的經驗，特別是跟蒙娜有關的經驗，他決定延長上週的古典主義之旅，但這次不會是田園詩般的風格，而是較爲嚴肅的。

這是兩名正在祈禱的修女。她們身處在一個灰色色調的空間裡，地上鋪著木製地板，牆壁有部分龜裂，更準確地說，這是一間斗室的一角，右側簡單裝飾了一個沒有耶穌的巨大十字架。下方畫了一名相當年輕的女子，畫家精巧且精準地描繪出她半坐半躺的姿態。她的背部實際上是靠著椅子，雙腿完全伸直，放在一個有藍色墊子的腳凳上，與骨盆形成直角。然而，我們只能這樣猜測，因為除了合掌祈禱的雙手（但是朝向地面）和橢圓形的臉蛋，這名女子穿著全身灰色的衣服，外面披了一件縫有大紅十字架的聖衣。跪在她身邊的第二名女性較為年長，衣著完全相同，她也在祈禱，臉上還帶著微微的笑容。這兩個人

78 卡利麥羅（Calimero），一部義大利漫畫裡的主角，創於一九六三年，是一隻頭戴蛋殼的黑色小雞。

沐浴在一道光束之下，光線左側一直延伸到年長修女的下巴，右側則延伸至年輕修女放在膝蓋上的物件，就是一個打開的聖物盒。畫作的左邊有一段很長的拉丁文，開頭的文字是「*Christo uni medico animarum et corporum*」。

「上個禮拜你就帶我去看過一幅有拉丁文的畫了，爺耶。」經過十二分鐘的鑑賞後，蒙娜開口道。

「這不是妳休息的理由。」亨利打趣道。「我會爲妳翻譯，這句話是：致基督，祂是靈魂與身體唯一的醫師。」

「我啊，我有馮·奧斯特醫師。」她微笑著。「還有我的『心理師』……。但這個，這是我們的祕密！」

「這是我們的祕密，沒錯，我希望妳能好好保密！」

「我以世上所有美好的事物發誓，爺耶。」

「說得好。這一次，我們回到一六六二年，這是路易十四漫長統治的開端[79]，這位君王充滿了無數的野心和慾望……（他停頓了一下）……但大多是相互矛盾的。因爲這位太陽王眞心希望藝術和學術能蓬勃發展，於是他創立並發展了與科學、文學和繪畫有關的學術院。他還大量委託創作作品，藉此展示自己是有史以來最重要的國王，而法國則是一個英勇、享譽盛名、光芒四射的偉大國家。在他最喜愛的藝術家之中，就有這幅畫的作者，他叫做菲利普·德·尚佩涅。」

「所以是他要求畫家畫這幅畫的？你覺得這幅畫好看嗎？我啊，我覺得整幅畫都相當灰暗！」

「不，不是路易十四……。這有點複雜（蒙娜皺起眉頭）。我剛才跟妳說過，這是一位充滿矛盾的國王。除了對藝術的熱愛，他還是一位獨裁的君王、一名絕對的君王，會竭盡所能避免他的威信受到一絲一毫的損害。我舉個例子，路易十四有個名叫尼古拉·富格[80]的大臣，這個人極爲富有，也是一位有力的贊助者。他建造了沃子爵城堡[81]，在那裡舉

---

79 路易十四（Louis XIV，一六三八—一七一五）又稱「路易大帝」或「太陽王」，一六四三年即位，但直到一六六一年才親政。一七一五年駕崩，結束他對法國長達七十二年又一百一十天的統治。

80 尼古拉·富格（Nicolas Fouquet，一六一五—一六八〇），路易十四的財政大臣。

81 Château Vaux-le-Vicomte

辦了無數極盡奢華的活動、令人難以置信的宴會，還展示了大量的藝術創作，最後竟然能與王室的富麗輝煌媲美。國王嫉妒不已，下令逮捕富格，把他送上法庭，並把他關進地牢裡，直到他生命的盡頭……」

「這一切都只是因爲他家比較漂亮？這個國王太可怕了，爺耶！」

「是的，就是這樣，這就是絕對專制主義。妳看，這幅畫是一六六二年畫的，是尚佩涅在富格被捕後幾個月畫的。不過，這幅畫的場景發生在一個看似無辜但實際上並非如此的地方，這個地方在風格上與沃子爵城堡很像，似乎是在嘲弄擁有至高權力的路易十四。」

「我認出來了，爺耶，這裡是修道院！她們看起來好像在舉行什麼宴會以外的事情……」

「準確來說，這裡是皇家港修道院[82]，位在塞納河左岸。路易十四怕這座修道院，他眞的一點都不喜歡這裡！」

「可是，爲什麼國王會怕一個祈禱的地方？這些和藹的修女通常很仁慈。這裡的修女，一個老了，另一個躺著，看起來像是生病了……」

「她確實是生病了，妳說得對！但路易十四之所以會怕她們，那是因爲她們的想法無法討他歡喜。她們信奉的是神學家楊森[83]的教義。楊森死於一六三八年，正是路易十四出生那一年。楊森宣稱必須幾乎全然依靠上帝，不要相信人的力量，也就是說，不要相信人眞的有可能決定做他想要做的事情，或是一個人能凌駕在另一個人之上。因此，妳可以想像路易十四和他的繼任者對楊森教派有多麼不信任！他們擔心這個教義，因爲它一方面建立在宗教權威之上，另一方面拒絕國王成爲它的政治化身。對一名君王來說，這是一種無法忍受的反對形式，因此必須加以否認、恫嚇、甚至迫害。換句話說，這些修女更偏愛上帝，而不是國王。在路易十四治下，當一名楊森教派人士是需要勇氣的。」

「左邊那位正在祈禱的老婦人，我打賭她就是院長！」

「這名老婦人是『阿涅絲·阿爾諾德修女』[84]，她確實曾領導皇家港修道院。妳看，這

82 皇家港修道院（Abbaye de Port-Royal）創建於一二〇四年，十七世紀時成爲楊森教派（Jansénisme）的大本營，也是對抗王權的象徵。一七〇九年，路易十四與教宗聯手驅逐院內的修女，並摧毀這座修道院。

83 康內留斯·楊森（Cornelius Jansenius，一五八五—一六三八），荷蘭神學家。

84 阿涅絲·阿爾諾德（Agnès Arnauld，一五九三—一六七一）是楊森教派的代表人物。

就像是我們和這兩位修女一起深入斗室之中，右邊那張樸素的麥稈編織木椅上放著一本祈禱書。妳幾乎可以悄悄地溜到躺著的那個人旁邊，坐在那裡與她們交談。」

「藝術家畫她們時，就在她們旁邊嗎？」

「不，因爲他不能進入修道院。但是他非常了解這位年輕的模特兒，因爲躺著的那位修女叫卡特琳娜，是他的親生女兒，這位有著蒼白且謙恭臉龐的病婦是他的骨肉。藝術家當時已經六十歲了，尚佩涅在他漫長的職業生涯中，已經畫過最重要、最傑出的人物；例如，他是唯一獲得授權的藝術家，有權描繪身著紅衣主教長袍的黎希留[85]。但是這一次，這名爲君主與權貴服務的藝術家畫的是世界上對他來說最重要、最珍貴的東西，那就是他的乖女兒，她住在楊森教派的皇家港修道院裡，遠離塵世……」

「啊！你是說他很少見到她，對吧？所以，他需要把她畫下來，才能感覺自己跟她在一起？」

「這個假設很好。但是，這個故事有點悲慘。一六六〇年的秋天，她毫無緣由地突然感到身體的右側無法動彈，疼痛欲裂。之後她就再也不能走路，而且一直受苦，結果她在二十四歲時就成了殘疾人士。當她的父親到修道院的會客室見她時，修女們只能像抱孩子般抱著她，而且沒有任何有效的治療方法。在這幅畫中，擱在腳凳上的僵硬肢體讓人想到這個癱瘓症，不幸的是，當時的醫師都無法可解……」

「喔，可憐的人！這太過分了。」

亨利停了一下。他差點告訴蒙娜，醫師常常搞錯，而且可憐的卡特琳娜修女甚至被迫放血，導致她的病情在不知不覺中越來越嚴重，但是他寧可繼續講他的故事。

「是的，但是妳看，蒙娜，看看這道落在這兩個人物身上的光線，這就是基督徒認爲的恩典時刻。彷彿有兩種光共存在這幅畫裡，一種是我們宇宙的光，透過這種光，事物變得可見，能在空間中勾勒出體積與顏色，例如修女的象牙色長袍、牆壁的礦物質感或是椅子的棕褐色……。還有另一種宇宙的光，是未知且高等的。對一名基督徒來說，恩典時刻其實就是這第二種聖光進入了人類的日常生活。所有的基督教繪畫都會面臨這個挑戰，那就是以一致且有說服力的方式，將自然與超自然全部融合進一件藝術作品裡。」

85 黎希留（Richelieu，一五八五—一六四二）曾任法王路易十三的首席大臣與樞機主教，致力推動將國家主權置於宗教權力之上，爲路易十四的絕對王權奠下基礎。他也是法蘭西學術院（Académie française）的創始人。

「但到底發生了什麼超自然的事？」

「就在醫師們都束手無策，一切似乎都沒有希望的時候，左邊那位著名的阿涅絲院長仍希望可以拯救這個身體。她爲卡特琳娜加倍祈禱，她吹響的是精神上的號角。這裡，我們看到的正是她其中一次的禱告，準確來說是一六六二年一月六日。」

「然後，上帝來了嗎？」

「是的。這就是這裡所要表達的，而且我們不需要信仰就能發現這是令人讚嘆的。是的，這個回應在此透過柔和的光輝來具體呈現，成就了被期待的奇蹟。隔天，一月七日，卡特琳娜感覺自己的身體恢復了精力。做彌撒時，她自己站了起來、行走、跪下。尙佩涅獲知這個奇蹟後，欣喜若狂。他立刻開始創作這幅他稱爲〈還願〉的畫作，亦卽向上帝獻祭，以表謝意。」

「可是，爺耶，我啊，我覺得他應該畫一月七日那天發生的事情來取代六日的事！神奇的是卡特琳娜修女開始行走的那一刻，你同意吧？」

「妳會成爲那個時代出色的藝術家，而且妳選的主題也會很完美！但是，別生氣，這種處理方式本來就有點在預料之中，因爲我們通常會期望繪畫要展現出最壯觀、最有啟發性的那一面。然而，確切來說，尚佩涅違背了這條規則，這與他平常的做法相反。他選擇用一個極爲樸實的時刻來展現微妙細膩的表現手法，除了灰色、白色和黑色的色調，沒有其他顏色。這種克制表達出楊森派教徒對上帝的敬愛及順從精神，與路易十四宣揚君主政體的輝煌形成對比。」

「我們永遠都要相信奇蹟，對吧？爺耶。」

「這正是這幅畫的意涵，蒙娜。我還要補充的是，更美妙的是阿涅絲爲了卡特琳娜而相信奇蹟，而不是卡特琳娜爲了自己而相信奇蹟。」

蒙娜雙手合十，笑著舉向天空，彷彿她正幽默地模仿一場特定的祈禱，然後她再次看向這幅畫，但沒有鬆開手掌。

「爺耶，卡特琳娜腿上的東西是什麼？」

「啊！觀察得很好，但我們並不清楚。作品左側的拉丁文講述的是卡特琳娜的故事，但沒有提到這件事。不過這一定是個小盒子，盒裡裝著一個聖物，例如一部分耶穌的荊棘王冠，它有保護和治療的效果——至少我們是這麼相信的！」

亨利非常清楚，這個聖物在卡特琳娜的奇蹟發生之前，就因創造了另一個奇蹟而享譽盛名。一六五六年，布萊茲．巴斯卡的姪女接觸到基督的荊棘後，患病的眼睛就痊癒了……。但亨利不想把這個故事告訴他的孫女；他認爲這個故事跟她的經歷太像了。

至於蒙娜，她鬆開雙手，然後像她經常做的那樣，反射性地抓住她的吊墜，緊緊地握著，非常用力，彷彿想要壓制它似的。

11

安托萬・華鐸

即使是歡慶時刻也隱含著不幸

11

Antoine Watteau

En toute fête sourd une défaite

全班都放聲大笑，哈吉夫人也跟著笑了。她剛剛解釋了什麼是「雜食性動物」，但迪亞哥卻心不在焉地聽成「食人動物」[86]，雖然這個詞就寫在他前面的黑板上。他堅決相信熊、黑猩猩、狐狸和野豬，還有松鼠、老鼠、刺蝟，當然還有人類自己，都是以**人類**爲食。當他一露出震驚和厭惡的神情，他那不合時宜的論點就引來一陣嘲笑。越來越多的笑聲淹沒了這個哭泣的孩子，哈吉夫人這次察覺到了他的困境。婕德帶著一絲殘酷的快感，模仿他的啜泣聲來取笑他。老師厲聲斥喝：

「夠了！」

整個教室都靜止了，只聽見迪亞哥吸鼻子的聲音。

下午結束時，學生們必須以抽籤的方式分成兩人一組，學年結束前，這兩人必須選擇一個地點，一起製作一個漂亮的大模型。班上有三十三位學生，蒙娜在腦中計算了一下，推斷出自己有十六分之一的機會能與婕德或莉莉一組。她深信不疑，然後奇蹟就發生了！她抽中跟莉莉一組。而婕德，當她見到自己的名字跟迪亞哥的名字放在一起時，她感覺大事不妙了。

「我們要來做月球的模型！」他向她喊道。

但是婕德無論如何都想做她房間的模型，而且她覺得迪亞哥的興高采烈很愚蠢；怨恨及憤怒讓她在不知不覺中扮了鬼臉。比起這個惱人的命運，她更氣她的兩個朋友，因爲在她眼中，她們倆的運氣更好。

「這一定會很棒，婕德。」蒙娜好心地向她擔保。「我跟妳保證，妳一定要相信。雖然迪亞哥老是在天馬行空，但這個月球模型是個好主意！」

「妳甚至沒有祝我好運；妳只是運氣好，抽到和莉莉一組。」婕德反駁道。「跟這個**寶寶**（她強調這兩個字）一組，我到學年末都會過得很慘，而妳一點也不在乎！」

事實上，不久之前，蒙娜可能會對婕德的不幸感到好笑。但現在不一樣了。

「來吧，拿著，跟我一起緊握我的吊墜。」蒙娜對婕德說。

婕德呼了一口氣，遲疑了一下，最後抓住了蒙娜的護身符，蒙娜則把自己的手覆蓋在她同學的手上。

---

86 雜食性動物的法文是「omnivore」，食人動物的法文是「hommenivore」，這兩個字的讀音非常相近。

*

啊！亨利思忖，夏爾・勒布倫[87]的大型戰役當然有非常多值得一看的地方，有瀰漫的煙霧、躍起的馬匹、高舉的刀劍，還有幾十張扭曲的臉孔，這讓他想起自己的戰爭報導，只不過勒布倫沒有畫出任何血跡和開腸剖腹的場景；他畫的是乾乾淨淨的屠殺。但是我們必須做出選擇，於是，亨利爲了蒙娜的眼光，輕快地跳過路易十四的輝煌事蹟，來到一幅攝政時期[88]創作的畫前，他特別喜愛這段歷史時期，因爲此時整個社會正處於一種放鬆的狀態——這個社會因前任統治者太陽王的絕對專制而變得非常緊繃且疲乏，但現在突然鬆了一口氣，獲得了解放，興高采烈，還哭了……

這幅人像畫描繪的是身處大自然中的年輕棕髮男孩，他的雙臂下垂，僵硬地站著。在這幅大型木板畫作裡，他位於中間略微偏左的位置，頭髮被一頂瓜皮帽和一頂邊緣像光環的圓帽蓋住了。他的眉毛揚起，眼瞼下垂，眼中閃爍著光芒，紅潤的臉頰和鼻子就像鞋子上的蝴蝶結一樣粉嫩，雙腳呈V字形分開。他身穿一件寬大且厚重的白色緞面衣服，褲子長到小腿肚，上衣扣著十五顆鈕釦，肩膀至手肘之間的部分鼓起來。在這名男孩的後方，距前景約一公尺的中景部分，下方有五道身影。他們到底在做什麼？這一直是個謎，因為我們只能看到他們的上半身，他們的頭頂最高也只到畫中主角的大腿。作品左邊有一名四分之三側身的黑衣男子，脖子上圍著襞襟，正冷笑著看向觀眾。他騎著一頭套著轡繩的驢子，驢子的身影藏了起來，只見到部分的頭顱，我們能夠辨識出豎起的驢耳朵，還有一隻同樣也朝向觀眾、閃閃發亮的黑色眼睛。其他三道身影位於作品的右側，他們形成一個緊貼在一起的小團體，但彼此之間沒有任何交流。其中一名在畫中主角的膝蓋處，但位於比較深處，他戴著大簇火焰形狀的頭飾，正一臉震驚地看著畫外的某樣東西。最靠近前景的那位側著身子，身穿紅衣，頭戴紅色貝雷帽，臉色些微緋紅，他疑惑地嘟著嘴，神情似乎顯得更加冷漠，執著驢子轡繩的手畫得很清楚。在這兩名男子之間，有一位眼神溫柔的年輕女子，體態豐腴，紅髮紮成髮髻，胸前繫了一條方巾。最後必須補充的是，在這個場景

87 夏爾・勒布倫（Charles Le Brun，一六一九—一六九〇），法國宮廷畫家。

88 一七一五年，法王路易十四駕崩後，繼任者路易十五（一七一〇—一七七四）當時只有五歲多，所以由奧爾良公爵菲利普（Philippe, duc d'Orléans）出任攝政王，直到一七二三年才還政於王。

的右側邊緣，在那堆零散的植物中，有一個石製的牧神胸像主導了整個畫面，背景是從非常低的地平線升起的晴朗天空。

蒙娜一開始就因這個高大的男孩很像她的同學迪亞哥而大吃一驚。的確是他，眞的是他，雖然畫中的男孩應該有十七歲了，但年齡的差異並沒有改變什麼。這讓她印象深刻，導致她在檢視這件作品時，幾乎看不到其他東西。最後她既擔憂又滿懷希望地問自己，一旦人死後，是否有可能在歷史的流轉中重生？在這間博物館的某個地方，是否也會有一幅畫記錄著在另一個世紀、另一個國家裡的她的存在？但是她覺得這個想法太過古怪了，她無法開口問祖父。

「妳在胡思亂想，蒙娜，我很了解妳……」

「唉呦，爺耶，我在**沉思**。」她特意強調這兩個字，並爲她選擇的詞彙感到自豪。

「那麼，我們一起來沉思吧，我親愛的！我們面前的是什麼？是安托萬．華鐸的一幅畫。他英年早逝，死的時候才三十七歲，他的一生對我們來說相當神祕。他是在什麼情況下創作了這件精美宏偉的作品，對此我們一無所知，而且作品的邊緣經過多次裁切，我們不知道那是什麼時候發生的、誰做的，也不知道爲什麼。簡而言之，要了解一切，就必須從頭開始！」

「也許是因爲裁切的關係，所以人物才會稍微偏離畫作的中央？」

「觀察得很好，蒙娜。這位主導了整個構圖的高大男孩，實際上是位於中央稍微偏左，這種驚人的取景營造出一種飄浮的感覺，甚至讓場景看起來不和諧。這可能只是裁邊的意外結果，但我們能在其中看到大膽之處，而且由於這只是暗示性的，所以更能顯出華鐸的才華與創造性。除了這個人物，還有另外四個，他們都出自 *commedia dell'arte*[89]。」

「那是戲劇！」

「沒錯，而且我得承認，我覺得一般戲劇有點無聊……但 *commedia dell'arte* 不會！這個傳統源於義大利，演員總是不斷沉浸在演出之中，他們藉由誇張的身體動作來表達情

---

89 義大利即興喜劇（*commedia dell'arte*）是十六世紀在義大利興起的一種即興喜劇，演員會戴著面具，以插科打諢的表演形式呈現，有四種主要的定型角色，包括僕人、老人潘大隆（Pantalon）、代表戀人的雷安德烈（Léandre）和伊莎貝兒（Isabelle），及隊長卡皮坦（Capitaine）。

感。這類既滑稽又殘酷的表演在十八世紀非常流行，它帶著某種狂歡節的氛圍，在那裡，既定的社會秩序顛倒了，最弱小的會痛扁最強大的。」

「這個男孩應該是某個人的肖像。」蒙娜提出這一點，希望祖父能向她揭露一個祕密身分，好讓她能確認同學迪亞哥的幽靈是眞實存在的。

「這個嘛，這次我無法告訴妳，蒙娜。我們不知道他是誰。曾經有很長一段時間，我們都叫他吉爾[90]，但現在我們叫他皮耶洛。這種混淆是合理的，因爲在當時的表演中，吉爾和皮耶洛這兩個人物非常相似，甚至可以互換。他們都出身低微、性格天眞，但有時也很狡猾，而且他們都會耍雜技。」

「我啊，我以爲皮耶洛的臉是全白的，還有大片黑色的妝痕！」

「沒錯，但是這種抹粉的皮耶洛風格只流行於十九世紀。妳可以注意看看藝術家如何透過服裝豐富的色彩變化，刻劃出這近乎幽靈般的純眞。它是用鉛白畫成的，這是一種含鉛量很高的顏料，所以毒性很強。有人說華鐸就是因爲吸了太多的鉛粉而中毒身亡……」

「相反的是，他背後那個陰沉、帶著冷笑的人正在嘲笑我們！」

「是的，這兩人之間確實有強烈的對比！較年長的男子是一名醫師，是一個出自

commedia dell'arte、自命不凡的狡猾人物，他吹噓他所謂的聰明才智，但實際上沒有比他騎的驢子好到哪兒去。華鐸告訴我們，學者的權威不過是一場鬧劇！另一邊是一臉驚愕的雷安德烈，還有他迷人的情人伊莎貝兒。雖然在華鐸的這幅畫中，沒有什麼能表現出他們對彼此的情感，但他們一起構成了*commedia dell'arte*典型的愛情二重奏。要說明的是，他們必須與最後一個人物協調位置，那就是卑鄙的隊長卡皮坦。他傲慢、愛慕虛榮、奸詐且膽小，戴著讓人想起公雞雞冠的可笑頭飾，同時拉著勒住可憐驢子的繩子。所有這些人物都神祕地演示著充滿了陰謀、詭計、引人入勝的曲折情節和致命的對白。從這個意義來看，這幅畫很可能是爲劇團製作的招牌，用來宣傳戲劇的幻象。」

「欸，那麼，如果這是一則廣告，那麼當時大家一定都知道這幅畫！」

「其實沒有……。據說這件作品在當時並未引起注意，它消失了一段時間，然後在華鐸逝世將近一個世紀後，又出現在一個叫梅尼耶茲[91]的商人家裡，他住在巴黎市中心的

90 Gilles

91 Meuniez，拿破崙時期的一位畫商。

卡魯塞爾廣場[92]。爲了吸引顧客，這位精明的舊貨商用白色鉛筆寫下當時一首流行歌曲的片段作爲廣告：『如果皮耶洛知道如何取悅您，那他會有多麼高興啊。』後來，這位悲傷的小丑迷住了路過的維翁．德農[93]，他花了微薄的一百五十法郎買下這幅畫。那是一八〇二年。同一年，他就被拿破崙一世任命爲史上第一位羅浮宮館長⋯⋯」

「這眞有趣，爺耶，這就好像是作品又爲它自己做了廣告。」

亨利表示贊同，對他孫女的明顯進步感到驕傲。他把她轉過來，指著〈丑角皮耶洛〉隔壁的一幅畫。

「現在妳看華鐸的這幅畫，跟〈丑角皮耶洛〉是同一個時期畫的。他畫的是一群來自上流社會的優雅人士，開開心心地前往塞瑟島[94]朝聖的情形，這座希臘島嶼以崇拜愛神阿芙蘿黛蒂[95]而聞名。這幅畫對華鐸短暫的一生至關重要。這是他於一七一七年正式加入皇家繪畫暨雕刻學院的入院作品，也就是說，他證明了他的專業知識足以進入這個享譽盛名、非常古典的機構，這讓他可以從事官職。這幅畫開創了一個新流派，就是所謂的**雅宴**[96]。在這個流派裡，整個世界似乎進入了失重狀態，飄浮在情緒和閒適的愜意氛圍之中。」

說到這裡，亨利不禁想起在一九六〇年代對遁入毒品、博愛、迷幻和詩歌的奢望，同樣都是出於對逃離重力的渴望。在懷特島[97]上，嬉皮們不知不覺地重演了前往塞瑟島的旅程。對他們來說，透過大型露天聚會就能擺脫歷史的枷鎖。他想起傑佛遜飛船合唱團[98]，並認爲這個一九六八年第一屆懷特島音樂節的主唱團體以飛機來命名並非偶然。〈白兔〉這首歌的低音在他的記憶中飄蕩。毫無疑問，這種在電吉他的聲音中追尋涅槃的音樂，跟華鐸的奢華幻想一拍即合，就像（或者更甚）史卡拉第[99]的歌劇或巴哈[100]的清唱劇……。

---

92 Place du Carrousel

93 維翁．德農（Vivant Denon，一七四七—一八二五），法國藝術家、作家、考古學家暨外交家。

94 塞瑟島（l'île de Cythère），愛琴海上的一個島嶼，隸屬希臘。

95 阿芙蘿黛蒂（Aphrodite）是希臘神話中的愛神，相當於羅馬神話中的維納斯。

96 雅宴（Fête galante）流派誕生於一七一七年。

97 懷特島（Île de Wight）是鄰近英國南部海岸的島嶼。

98 傑佛遜飛船合唱團（Jefferson Airplane），一九六五年在美國加州舊金山創立的搖滾樂團，活躍於一九六五—一九七二年。〈白兔〉（White Rabbit）一曲收錄在一九六七年發行的第二張專輯中，名列滾石雜誌「史上最偉大的五百首歌曲」名單之列，這首歌堪稱是迷幻版的《愛麗斯夢遊仙境》。

99 史卡拉第（Giuseppe Domenico Scarlatti，一六八五—一七五七），義大利作曲家。

100 巴哈（Johann Sebastian Bach，一六八五—一七五〇），德國作曲家，享有「音樂之父」的美稱。

華鐸在灰色、藍色和綠色之間點綴著亮粉色的筆觸，他已經全然體會到這種被大麻吸食者稱爲 *kief*[101] 的飄逸快感。

「你在胡思亂想，爺耶。」

「不，我在沉思！」

「告訴我當時發生了什麼事。人們像路易十四時期被囚禁的大臣那樣喜歡宴會嗎？」

「是的，關於這一點，發明香檳釀造法的就是唐．培里儂神父[102]，他在路易十四駕崩後兩週也去世了……。這段時期被稱爲攝政時期，因爲路易十五當時還太小，無法執掌國政。那時候的人嘴邊都沾滿了香檳泡泡。攝政時期是很有意思的一段時期，那些社交名流都離開凡爾賽宮，散居四處，成就了一個放蕩時代。」

「什麼是『放蕩』？爺耶，是自由嗎？」

「是的。是身體和思想上的自由，與教會非常嚴格的指令相反。這意味著更注重當下的快樂，而非宗教規定的道德規範。不過，妳看，華鐸的藝術作品似乎完美表達了這種不受拘束，穿插了大量消遣的狀態：化裝舞會、精緻沙龍、音樂會、辯論賽，以及各式各樣的遊戲，從槌球到雙陸棋都有，別忘了還有大吃大喝。然而……皮耶洛下垂的雙臂和臉孔是否還有其他表達？」

「我覺得他很悲傷，因爲他應該是要高興的。」

「表達得很棒，蒙娜……。這個勇敢的皮耶洛，雖然他的任務是扮演一個娛樂衆人的角色，但他似乎脫離了這個角色。沒有這些幕後準備，就不會有宴會；我們都感同身受，但皮耶洛的心卻被壓垮了。這顆心被打敗了。喔！這也不是畫家描繪的那種黑色苦難，而只是一個厭倦娛樂他人的人心不在焉的模樣。隨時準備做即興動作的 *commedia dell'arte* 突然停滯了。歡宴也有失敗的一面。所以，我們必須對此保持警惕，尤其是當這個歡宴自動成爲一個社會義務時。華鐸告訴我們，喜劇、遊戲、放縱、戲謔都有一種憂鬱的餘味，因爲身體必然已經筋疲力竭，『必須快樂』的指令也令人吃不消了。」

「如果大家都像我們這樣看華鐸，那就沒什麼樂趣了！」

亨利哈哈大笑，意識到他對〈丑角皮耶洛〉的解讀已經誇大了他那含糊不清的念頭。

---

101 用來形容一種至高無上的享受。

102 唐·培里儂神父（Dom Pierre Pérignon，一六三八—一七一五），法國本篤會修士。

「別擔心，華鐸之後的畫家們比較喜歡在作品中挖掘放蕩和輕浮的痕跡，同時掩蓋所有的憂鬱面，尤其是法蘭索瓦．布榭[103]。這種輕浮的風格特別受到龐巴度夫人[104]的青睞，她是路易十五的情婦，也是一七四〇至一七五〇年代重要的藝術保護者。這種有點天真、表面上很歡樂的美學，最後在法國大革命前夕變成一種不再具有吸引力的風格，不過這個啊，這又是另一個故事了……」

「爺耶，這位〈丑角皮耶洛〉太悲傷了……。他紅紅的鼻子和臉頰看起來像是剛從悲痛中走出來……。我們要怎麼跟他說我們愛他呢？」

「就像妳現在這樣看著他。」

103 法蘭索瓦．布榭（François Boucher，一七〇三—一七七〇），法國畫家。

104 龐巴度夫人（Madame de Pompadour，一七二一—一七六四），路易十五的情婦，更是十八世紀法國文化與藝術的重要推手。

12
安東尼奧・卡納萊托
讓世界停下來

12
Antonio Canaletto
Mets le monde à l'arrêt

蒙娜在店裡做功課，一旁是她正在與撥盤式電話奮戰的父親。他決定要修理這個老古董，讓它能夠與數位設備互通。他已經兩天沒喝一滴酒了，因爲他的瀝水瓶架快滿了，而酒窖則幾乎空了，還有他的收銀機和口袋裡也沒有半毛錢。正當他準備關門時，一名男子低聲哼著歌，走了進來。保羅總是記不住他的顧客，但是他確定從未見過這個人。來客應該快八十歲了，光禿禿的頭顱下掛著一個大大的笑容和一雙鋼青色的眼睛，一襲綠色和米色的西裝顯然是用高級粗花呢量身訂做的。他並沒有散發出與亨利（他戴著厚厚的眼鏡）完全相同的氣息，他是那種能用豐富的精力和堅定的自信立刻壓倒您的長者。

「先生，我可以幫您什麼忙嗎？」

「通常我是不需要幫助的，但是這次，我要詢問一下這個雕像的價格。我熱愛維爾圖尼系列雕像[105]，而且我覺得您把它單獨擺放的方式非常有趣！啊！可憐的小東西！」

蒙娜從作業簿裡抬起頭來。小雕像！那是她三週前偶然發現的，但她完全忘了這件事。至於保羅，他以爲客人在戲弄他，因爲他的店裡並沒有小雕像……。不過，他必須承認，在某個角落、在菸灰缸旁，有一個幾公分高、正在敲鈸的鉛製丑角正耐心等著要找到一名愛好者。

「它非常迷人。」這名訪客補充道。「告訴我，我該付您多少？」

「這個嘛，」保羅笨拙地隨口說道，「這……這要十歐元……」

「十歐元就能買到這種品質的維爾圖尼系列雕像？得了，別開玩笑了，要麼您是想讓我開心，要麼您是對它眞正的價値一無所知。不管怎樣，我都是受益者，而您就像火雞一樣愚蠢。但我不喜歡把人比擬爲動物，因爲他們的行爲已經夠像畜生了，這裡是五十歐元，它至少値這個價錢，我親愛的朋友。再說，我的錢包裡只有這張鈔票，而且我討厭信用卡。」

「我……您……」

「不，不，您不用包裝……這是要立刻把玩的！」

然後他離開了，哼著與他來時相同的調子，顯然很開心。一言不發的蒙娜衝向父親，拉著他的衣袖進入雜亂的店鋪後方。她默默地在一堆舊紙箱中指出她弄掉落的那個，裡

105 維爾圖尼家族（les Vertunni）指的是古斯塔夫・維爾圖尼（Gustave Vertunni，一八八四—一九五三，義大利人）手工繪製的一系列以歷史人物爲主題的小雕像。

面塞滿了幾十個這樣的鉛製小人像。保羅簡直難以置信。他已經記不清這個盒子是在哪裡取得的，對內容物的價值也一無所知。但是，這個盒子突然披上了意想不到的承諾。保羅已經很久沒有這麼快活了，他開了一瓶特定年分的葡萄酒，準備在晚餐時慶祝這個僥倖的發現。

回公寓的路上，他一手拿著酒瓶，一手牽著蒙娜。蒙娜的心情很矛盾，一方面，她渴望與父親一起用心體驗這些幸福的時刻，另一方面，他手上抓著的酒瓶讓她隱約感到一絲苦澀。於是，她不顧一切地開口道：

「爸爸……」

「說吧，蒙娜！」

「拜託你，爸爸，我們今晚避開慶祝這件事……」

保羅冷冷地看著那瓶酒。他明白了，轉身折回去將他的醉意留在地窖裡。如此一來，他已經連續三天沒有喝酒了。

*

一月最後一個星期三到了，當蒙娜悠閒地穿越羅浮宮的陳列廊時，她有一種奇怪的印象。她的祖父清楚感覺到孫女的困惑，便在帶她進入金字塔下方並穿越敍利館時，多次問她是什麼讓她感到不安。

最後她告訴他，她覺得自己被跟蹤了，就在博物館的走道上……。被跟蹤？我的孫女開始有妄想症了，亨利在心裡打趣著。他知道每天大約有兩萬人造訪這裡，相當於一個體育場能容納的人數，年度訪客量也將近一千萬人，因此這足以讓我們感覺有人尾隨其後……。他用一個親吻安慰她，帶她欣賞在宮殿之間蜿蜒流動的大運河景色。

碼頭綿延約兩百公尺長，布滿了船隻，其中一艘豪華船隻有著精緻的船首。在幾乎沒有白色霧氣的藍天與一座高聳的鐘樓下，幾座華麗的石頭建築物俯瞰著水面，倒影顯現在水中，這些建築物的高度不一，不是兩層樓就是三層樓。最令人印象深刻的是那棟兼具文藝復興與哥德式風格的建物。它有真正的大理石花邊，結合了精緻與堅固，宏偉的上層有火紅色的牆面，構成了建物的頂部。宮殿有兩個可見的立面，被牆脊分隔開來，這道牆脊幾乎正好位於畫作的中心。最小的那面牆向左邊深處延伸，面向一座廣場，閃爍的筆觸讓人想到在兩個柱腳之間忙碌的人群，其中一根柱子上有獅子雕像，另一根則是屠龍的聖人雕像。更遠一點，我們可以瞥見一座大教堂的圓頂。但這幅畫的主要活動是在前景，集中在小型木船滑行過的波浪上。畫布的尺寸為四十七公分乘以八十一公分，凸顯了全景的延伸感；視角位於海灣中央的高處，俯瞰著水手、漁夫和貢多拉船夫工作的情景，他們相互交談、划槳或泊船。極為精細的筆觸不僅讓我們能區分眾多角色，還能分辨一道道的拱廊、陽台，以及各種裝飾的節奏感。對最細心的人來說，甚至能看到每一道細小波紋的起伏。

「妳想學一點義大利文嗎？蒙娜。」

「我已經會用義大利文 *ciao* 打招呼了，爺耶！」

「那麼，我再教妳一個字，*veduta*，意思是『景觀畫作』。*Veduta* 指的是有關美麗地點、特殊場所或紀念性建築的景觀畫作，這是十八世紀流行於威尼斯的繪畫類型。」

「所以 *veduta* 就是明信片的祖先。」

「是的，妳可以這麼說！只不過，在這個領域表現出色的畫家，他們的作品可以賣到比明信片略高一點的價格。總之，最有名的就是安東尼奧．卡納萊托。」

「啊！『卡納萊托』，意思是『運河』，這個我很確定！」

「差不多了。安東尼奧的父親叫做貝納托．卡納萊[106]，意思眞的就是『運河』。這個姓氏與這個家族的威尼斯出身有關，因爲威尼斯被大運河貫穿，妳眼前的海灣就是它的出口。『卡納萊托』這個名字加了一個托字，確切來說是『小運河』的意思，但主要是表明安東尼奧是貝納托的後代，而且受到貝納托很多的恩惠。安東尼奧在他父親的教導下開始製作大型的舞台布景，並與他一起爲知名的韋瓦第[107]製作歌劇布景。這無疑是一個絕佳的培訓機會，但他很快就厭倦了被當作簡單的執行者，於是他在很年輕的時候就擺脫這一切，走上自己的道路。」

亨利揮舞著他又大又瘦的手指，轉身背對著畫作，一邊看著他的孫女，一邊繼續講述他的故事。

「一七一九年至一七二〇年間，安東尼奧拋棄了自己的家鄉，風塵僕僕地前往四百公

106 貝納托．卡納萊（Bernardo Canale），舞台設計師。

107 韋瓦第（Antonio Lucio Vivaldi，一六七八—一七四一），義大利音樂家。

里遠的羅馬。一路上，隨著經過的地區不同，他見到了老舊破敗的建築、被長春藤和荒煙蔓草淹沒的廢墟。抵達目的地後，他發現了古代輝煌與城市現代化的完美結合。這趟羅馬之行對他的想像力有很大的啟發，當時還是布景學徒的他從中汲取了很多生動的幻象，且能隨心所欲地進行重組。我的意思是說，首先，他在筆記本上精確地記錄了很多主題，包括廊柱、大型紀念建築、樹叢……，就好像它們是基本詞彙一樣；之後，他會根據靈感，憑想像分配畫中的元素，從而提供了一幅看似完全真實、實際上卻是源於個人幻想的景觀畫作。這就是義大利人說的 *capriccio*，意思是『心血來潮』。」

「那這幅畫，你會說它是真的『景觀畫作』，還是『心血來潮』？」蒙娜搶先問道，對自己的提問感到很滿意。

「不，這確實是一幅 *veduta*……。威尼斯共和國的愛好者一定能立刻認出這個地方。威尼斯是浮在潟湖上的一塊小魚形土地，有無數的河流穿過，但是展開並構成這座城市的，是這個面向聖馬可廣場的海灣。這裡的建築群或許是世界上最著名的。如果建築學也有自己的〈蒙娜麗莎〉，那麼就是它了，從左到右依序爲鑄幣場、公共圖書館、聖馬可廣場小柱子上的雕像、總督宮、麥稈橋、監獄。背景則有鐘樓，當然還有大教堂。權力的所有要素都集中在此，包括金融、貿易、知識、政治司法權威、宗教等象徵。卡納萊托所在的位置是南邊的海水中央，就在城市的入口，畫外左側是蜿蜒將近四公里的大運河，從空中看就像是一個反轉的S。這個位置讓他能描繪用來載運人員或貨物的船隻。」

「看來他主要是在向財富和商人致敬。」

「畫出這個被稱爲『堰堤』的大型碼頭，事實上就是在描繪這座城市的活力和經濟威信。這也讓畫家的收藏者感到高興，因爲他們通常是銀行家、重要的財政人士……」

「這樣的話，最好還是去現場欣賞這個『景觀』！如果這些收藏家住在威尼斯，那他們只要去那裡就好啦！爲什麼還要買畫？」

「首先，不是所有收藏卡納萊托畫作的人都是威尼斯人。他有很多英國顧客，他們都很高興自己家裡能擁有這個潟湖的一部分。更何況，即使妳在現場，也永遠見不到如此美的景色……。我們的視線無法一覽無遺地看到這個非常廣闊的地平線。妳的視角大約是一百八十度。相較之下，貓的視角超過了兩百八十度！蒼蠅就更不用說了，牠們能夠同時看到前面和後面。爲了克服這個人類的缺陷，卡納萊托首先使用著名的「暗箱」進行非常精確的研究，我們在談維梅爾的時候提過這個概念。卡納萊托的暗箱是可攜式的，可以帶上街，也能在水上使用。他非常有創造才能。他把機器帶在身邊，將它固定在船上，並以筆紙重新描繪這個城市的奇特建築。他將暗箱的取景框從一個角度移到另一個角度，取得了一系列的速寫，然後將它們頭尾相連，最後就有了全景。簡而言之，他把空間擴大了。理論上來說，你的視線無法讓你將眼前的所有建築看得如此清楚。你必須轉動眼睛或頭部，所以，每一次都要犧牲部分的景觀來捕捉另一部分。但是這裡，一切都同時湧現了，而時間彷彿被封印了。」

蒙娜突然想到，幸好有卡納萊托，她的眼睛才能變成貓眼……。然後她檢視了點綴在畫布上的貢多拉船夫和行人。

「之前你給我看的畫裡，人物總是很大，而且很清楚地就位在中間。但是這一次，他們真的非常小。所以，當然啦，我們能一直看著那些正在聊天或泊船的船夫，但仍覺得他們只是小咖。」

「妳在這裡發現了一個藝術史的基本趨勢，那就是人物逐漸變小，以襯托周圍的風景。我們去看透納、莫內、塞尚的時候再來談這個，目前只要知道卡納萊托在這裡畫的是我們所說的『點綴性人物』[108]就行了，也就是說，在畫中添加沒有象徵意義的陪襯人物。這是一個增添平衡色彩筆觸的機會，尤其是黃色、白色，還有會讓人聯想到晴空的藍色。現在好好看看遠景中的廣場。」

「對，細節太多了，就像是開始畫第二幅畫一樣！我們幾乎能想像這些人，並且跟著他們一起行走。他們看起來過得很好！」

「妳說得沒錯。整個氣氛是那麼愉快，我們甚至以爲這個廣場只是一個散步和嬉戲的地方；此外，今日的遊客可以在那裡無憂無慮地跑跳。但是要小心！在這個主導整個畫面的總督宮裡，曾舉行過審判、宣布過判決，這些判決有時非常可怕。在佇立著獅子和聖狄奧多[109]雕像的這兩根柱子之間，我們會吊死叛徒、強盜或異教徒，或將他們斬首。任何人都不能打擾『尊貴的』威尼斯……」

「我知道以前殺人比現在容易（蒙娜說這句話的時候，擺出一副嚴肅教授的模樣）……。但是在這裡，我確定藝術家眞的想要談論生命。我可以感覺到，因爲到處都有

108 Staffage

109 Saint Théodore，威尼斯的守護者。

柔和且令人安心的光線。這些光線讓人感覺很安詳。」

「的確。卡納萊托總是讓他的作品沐浴在非常和諧的光線之下，這種光線可以減緩對比，讓陰暗區域維持活力。技術上來說，他透過連續的透明釉層來取得這種均勻的透明度，多虧了這些釉層，即使總督宮的西側立面背對太陽，也依然閃亮，呈現出淡淡的紅色。看看他如何處理水的部分：他只是用幾根舊刷子的刷毛精細地畫出圓弧形的白色細小皺紋。液體的部分因某種礦物質感的鋪面而似乎凝固了。」

「就好像他有一個遙控器，讓威尼斯暫停了！」

「就是這樣！商業的流動性、從破曉到黃昏的自然流動性、我們不斷變動的感知的流動性，這些都在一個理想的呈現之中被凍結、被石化。卡納萊托讓世界暫停了，並邀請我們也這麼做。這不是爲了將我們從中抽離並讓我們冥想或禱告。他的畫作沒有什麼神祕之處，但它提醒了我們，必須讓世界停下來，才不會成爲它的玩具，才能掌控這個世界，才能避免受制於它無窮盡的反覆無常。」

亨利在這幅畫前保持了很長一段時間的沉默，彷彿是一種結論，蒙娜感覺有人正從他們身後悄悄溜走。她轉過身來。不可思議！正是那位披著綠色披肩的女士！那位當他們在檢視提香的〈田園音樂會〉時，聆聽他們談話的女士……。蒙娜非常確定，她一定是悄悄地跟隨他們來到卡納萊托的這幅畫前。目的是什麼？很難講……。這孩子長長地嘆了口氣。

13
湯瑪斯・根茲巴羅
讓情感自由表達

13
Thomas Gainsborough
Laisse les sentiments s'exprimer

卡蜜兒和蒙娜去看馮．奧斯特醫師時，通常不需要等待。但這一次，醫院的祕書處通知說，由於護理人員罷工，醫院會很擁擠。卡蜜兒雖然支持所有的社會鬥爭，但她發現自己竟然在發牢騷。她試圖取得特別待遇，但被斷然拒絕了。她把耳機接上手機，全神貫注在小螢幕上，沒有理會蒙娜。她不停地滑著電視辯論的片段，參加節目的人針對所有可能的話題激烈地相互抨擊，這些所謂的「衝突」片段被視作民主辯論的高峰。蒙娜安靜地坐著，雙臂交叉，反覆思索著最後一次看診時那句「現在是五十／五十了」的意思。她想要問母親，但又不敢打斷她。她們這組二重奏看起來很古怪，較年長的那個全神貫注在虛擬世界裡，影片一部又一部地滑過，彷彿她在一根又一根地抽著香菸。蒙娜用美麗而憂傷的雙眼看著卡蜜兒，注意到她越來越焦躁不安。蒙娜沒有拉她的袖子，而是突然伸出手指，按下手機的觸控式螢幕，讓影片停下來。卡蜜兒嚇了一跳，僵硬地抬起頭來，轉向蒙娜，一名男護理人員一臉茫然地走進來，用毫無情感的聲音解釋：

「抱歉，今天醫師和工作人員太少了，只能處理緊急狀況，其他情況都沒辦法！所以，我們不得不要求各位回家，以後再來。」

一進入地鐵，蒙娜發現她母親不再碰手機了。她問道：

「可是我啊，媽媽，我屬於緊急的狀況，是嗎？」

卡蜜兒向她解釋，不，這不是真的，這只是例行性檢查。蒙娜抓了抓頭髮，覺得放心了。

「這應該是康復過程中的小小休息。」她低語道。

*

亨利與孫女前往羅浮宮時，他想到那些將自身的障礙昇華爲才能的藝術家；他已經跟蒙娜講過普桑顫抖的手，也許哪天該跟她談談哥雅的耳聾，或者說說土魯斯—羅特列克[110]的殘疾與酗酒問題。或甚至是漢斯．哈同，這位抽象派畫家在戰爭中失去了一條腿，卻重新創造了屬於他的繪畫技巧和肢體動作。亨利特別想到了那些視力隨時間流逝而變得模糊、有時甚至完全失明的藝術家。他記得魯道夫．特普費爾[111]，這位前程似錦的畫家之子在年幼時就被診斷出無法分辨顏色，於是特普費爾放棄了繪畫，轉而大量創作素描，並以全新的逐格方式來講述故事，最終在十九世紀上半葉成爲漫畫的創始者。亨利當然也想到了克勞德·莫內，他晚年時幾乎失明，畫筆下的吉維尼[112]風景呈現出完全破碎、混亂的一面，但這卻是印象派的顛峰，而不是最終的殞落……。作爲比較，他也想帶蒙娜去看羅薩爾巴·卡列拉[113]的作品，這位威尼斯女畫家與華鐸和卡納萊托同時代，她的粉彩技巧在當時無人能比。不幸的是，她在一七四九年經歷一場危險且痛苦的白內障手術後，陷入完全的黑暗之中……。這當然既諷刺又悲傷，但至少這位女性在感官熄滅之前就吸收了這個世界上所有的美好。亨利覺得刻不容緩，他加快腳步，想著必須不惜一切代價讓蒙娜知道羅薩爾巴的故事和作品。但是，在通過博物館的安檢時，小女孩突然向她祖父宣布：

「爺耶，我們今天去看戀愛中的人！」

這道指令就像飛箭，既難以預料又不可抗拒，讓亨利心甘情願地帶著蒙娜前往英國。

---

110 土魯斯—羅特列克（Toulouse-Lautrec，一八六四—一九〇一），法國畫家，他因家族近親通婚以及年少時的兩次意外，成爲身高僅一百五十公分的侏儒。

111 魯道夫·特普費爾（Rodolphe Töpffer，一七九九—一八四六），瑞士畫家。

112 吉維尼（Giverny）是法國的一個市鎭，莫內在此度過餘生。

113 Rosalba Carriera，一六七三—一七五七。

這幅畫並沒有特別巨大，它的高度不到七十五公分，寬度甚至更小一點。主導著這個戶外場景的年輕夫妻似乎正在交談，男子轉頭看著女伴的臉龐，向她張開一隻手來強調他的言論。這兩人並肩而坐，占據了一大部分的畫面，恰好是畫布高度的一半，但這並不妨礙作品呈現出強烈的空間感，因為畫面有五個連貫展開的景。首先是兩位主角，他們坐的長椅緊鄰畫作左側一叢突出的灌木叢。隨著這叢植物進入深處，我們來到第二個景，這裡有更茂密的綠色及橙色的葉子，這些葉子來自好幾棵樹的樹枝，這些細長的樹向上伸展，超出了畫框上方。第三個景在構圖的右側，有一池水，岸邊長滿了樹木，最重要的是第四個景裡的圓頂建築，其柱子的上方飾有科林斯式柱頭[114]。最後是遠處的那個缺口（仍是在構圖的右側），那裡有一片多雲的天空，一道灰色的光線從中透出。這道光為大自然染上了銀色的色調，與這對夫妻的服裝形成強烈的對比。在圓頂建築和水流的襯托下，男子穿的是一套亮眼的紅色服裝，敞開的外套內是一件黃色的貼身背心，沒有鬍鬚的圓臉戴著一頂黑色三角帽，指尖夾著一本書，書就放在交叉的大腿上。此外，畫家還一筆畫出一把懸掛在他腰間的劍。至於年輕女子，她穿著一件非常蓬鬆、有裙撐的粉色洋裝，裙擺捲起，露出了一點藍綠色的布料。她在雙腿間的位置打開了一把扇子，軟帽底下是一張被鬈髮圍繞的清新臉龐，她凝視的是觀眾，而不是想吸引她注意的男伴。

「他們好漂亮。」蒙娜說道，甚至沒有花時間靜靜地檢視這幅畫。

「啊，不行喔，拜託！我們要遵守規則，首先要保持安靜，好好觀看。不能說話！」

十五分鐘過去了，蒙娜在這段時間裡坐立難安，又是跺腳，又是抓亨利的手，還用指甲摳他。她不想問問題，她想說話。她的祖父察覺到了這一點，就讓她起頭發言。

「你看，爺耶，注意看：他愛她。這是一名年輕男子，他手上拿著書，他對她講好聽的話、精心挑選過的話。可能是一首詩。在他的書裡，也許有一首詩能讓他表達他的感受，說出那些他無法隨心所欲講出來的字詞。你看，他愛她。他的手伸向她的臉，他的指尖想要滑過他愛人的下巴，或是解開她帽子上的結，或者他做這個動作，可能是要讓自己的表達、自己對她說的那些話或那首詩更有力。你看，他愛她……。而她也是，但是她隱藏起來了。因爲她看的是我們。對，就是我們。」

114 科林斯柱式是一種古典建築形式，源自古希臘。

「妳說得有道理，她什麼也沒表現出來，她還用這種有默契的表達方式，邀請我們參與這個場景。我們稱之爲『指引者』；而且，既然這是一名女性，所以在這裡我們必須說『女指引者』[115]……啊！這如果是電影，我們會更簡潔地說這是在『看鏡頭』，這個詞彙比較沒那麼難聽。但是，蒙娜，如果這名女子對我們比對他還要感興趣，那麼，是什麼讓妳相信她愛他？」

「可是，爺耶，她畢竟是愛他的啊！看看她的洋裝！那是粉色的，而且很像一顆大愛心，一顆充滿愛的大愛心！她的笑容就像達文西的蒙娜麗莎！還有，這把她用來搧涼的扇子是爲了避免讓臉太紅！喔！看看她的臉頰，她隱藏得眞糟！就算對這兩個人一無所知，但我可以告訴你，他們相愛！」

「這是很有可能的。」亨利悄悄地插話，並對他孫女的滿腔熱情感到很訝異。「至於他們的身分，最有可能的假設就是畫這幅畫的年輕男子，也是畫中的那位。這幅〈公園裡的對話〉的創作者是一位才剛滿二十歲的年輕英國人，叫做湯瑪斯．根茲巴羅。而他旁邊那位就是他的新婚妻子瑪格麗特．伯爾[116]，她是公爵的私生女。根茲巴羅在倫敦向法國版畫雕刻家格拉維洛[117]學習手藝，但最重要的是，他是一名令人讚嘆的自學者。他來自英國東部薩福克郡[118]一個普通的家庭，這位畫家的天賦完全是**自發的**，每一個世代才會出現一、兩個這樣的天才。更棒的是，他的作品特徵正是對這種自發性的頌揚。因此，原本應該只是充滿慣例符號的傳統寓意畫，或是一幅僵固的夫妻肖像，或甚至是一幅諷刺調皮的詼諧畫，在這位藝術家的筆下卻變成了一個生動且感人的愛情生活時刻。這種類型的場景就是十八世紀英國藝術的典型，我們稱爲『*conversation piece*』，意思是『對談場景』……」

「你還記得，當你跟我談拉斐爾的〈花園中的聖母〉時，你跟我說他想要給人一種靈巧的印象，但他爲了達到這個目標，下了很大的努力。這裡也是一樣嗎？」

「這個嘛，並不完全是這樣。現在看看第二個景裡的那些樹，還有滿是秋意的橙紅色及閃亮的綠色，它們展現出強大的活力，因爲根茲巴羅的自發性也體現在他的觸感上。我說的確實是他的**觸感**，因爲根茲巴羅有時不用畫筆，而是用海綿來刷畫布，或是直接用手

115 男性指引者是「Admoniteur」，女性指引者爲「admonitrice」。
116 Margaret Burr，一七二八—一七九七。
117 Hubert-Francois Gravelot，一六九九—一七七三。
118 Suffolk

指頭去抹平。當時的目擊者說，根茲巴羅的動作很快，極其迅速。他的風格也很感性。此外，他還喜歡嗅聞顏料的味道。聞一下，蒙娜！這些葉子的赭石顏料既有它所代表的潮濕木頭的香味，也有製成這種顏料的錫耶納泥土[119]的香氣。」

蒙娜閉上雙眼，握緊拳頭，深深地吸了一口氣。但是她的鼻孔既沒有聞到潮濕的木頭味，也沒有錫耶納泥土的香氣，只有她祖父的古龍水味道。這股古龍水的氣味在她內心深處勾起對祖母的回憶，這使她感覺與這幅畫更爲親近。

「這太浪漫了，爺耶！尤其是這個背景裝飾。就是那裡，背景那池水，還有這個小禮拜堂！」

「這不是眞的禮拜堂，蒙娜，而是十八世紀所謂的『裝飾性建築』或『荒誕建築』[120]，這是一種小型建物，能爲這座本身就很豐富的花園帶來一種夢幻、戲劇性的感覺，這座花園採用並模仿大自然的不規則與蜿蜒特性，而不是像路易十四治下的勒諾特爾[121]那樣試圖馴服自然。這種貼近風景的英式花園時尚爲根茲巴羅帶來非常大的啟發，他也在其中領會到生命的自發性和情感的流露。這位畫家還這麼年輕，卻已經如此早熟，他要告訴我們的是表達情感有多麼的重要，無論是透過什麼方式。交談並非是瑣碎淺薄的事；這是一個重要的原則。妳看，這名男子佩戴了一把劍，這是英國貴族世界的象徵。這個世界與我們今日的世界非常不同，深受傳統與許多規範的影響而顯得僵化，這個世界非常克制。根茲巴羅並沒有辱罵或責難這個社會，而是敦促我們要相信感情，要知道如何表達感情。我不知道這是否就是我們今日理解的『浪漫』，蒙娜，但是我非常確定，這就是五十年後在歐洲各地萌芽的那股風潮的起源，這股潮流實際上就被稱爲『浪漫主義』。」

「你說，爺耶，湯瑪斯和瑪格麗特，他們有小孩嗎？」

「有兩個女兒，湯瑪斯很疼愛她們，而且常畫她們。此外，根茲巴羅也畫了很多年輕人的肖像畫；自一七六〇年代起，這項專長讓他的事業大爲成功。妳要知道，在當時，我們終於開始注意到更年幼的孩子，給他們更多的尊重，並關注他們自身的敏感度，而不是想要不惜代價地將他們訓練成小大人。這是一場眞正的革命，主要是由一個名叫尙－賈

119 錫耶納泥土（terre de Sienne）是一種天然的礦物顏料，源自義大利的同名城市。

120 法文稱爲「fabrique」或「folie」。

121 勒諾特爾（André Le Nôtre，一六一三—一七〇〇），法王路易十四的首席園林設計師。

克・盧梭[122]的哲學家發起的。」

「可是我啊，爺耶，你知道的，我喜歡跟你在一起，因爲你總是把我當成大人一樣說話……」

「那麼我們就別停止這麼做！所以，我跟妳說過，根茲巴羅在一七六〇年代開始聲名大噪，並在一七七〇年至一七八〇年代爲王室工作時達到頂峰，當時在喬治三世[123]統治下的英國正處於工業革命的初期。不過，他與主要的官方機構皇家學院的關係一直很緊張，因爲他認爲自己的作品在學院裡懸掛的位置不好，離觀衆太高、太遠了。這就是爲什麼根茲巴羅寧可在家裡展出畫作，這樣的展覽條件更自由、更個人化，因爲他的作品旨在引起人們對紋理、厚塗、顆粒等最微小細節的注意。這有點像瑪格麗特在用眼光搜尋我們一樣。這是一種需要雙手與手指去感受的畫作，它希望能被看見，也能被觸摸到……」

蒙娜還記得坐在祖父的肩膀上，從不同的角度檢視米開朗基羅的雕像時所獲得的樂趣。她想要再感受一次這種不同感知所帶來的震撼，但這次要非常靠近作品，於是她請亨利去跟展館的守衛說話，分散他的注意力。這名老人對這個惡劣的詭計了然於心，但還是這麼做了，因爲他意識到他的孫女或許再也無法如此近距離地觀看根茲巴羅，而這個理由就足以爲她安排這場非常特別的回憶。於是，蒙娜躲開所有的監視，將鼻子靠近洋裝的粉色皺褶和帶有白色閃光的藍色高跟鞋。這種美是如此不可思議、如此令人震驚，以致於她將手高舉至臉龐，一邊想像在那個非常遙遠的時代裡，自己身處在藝術家的工作室中，一邊輕輕地、非常輕地將手伸向那塊輕輕拂觸泥土小徑、像野薔薇花瓣的尖形裙角。然後撫摸它。

羅浮宮的展廳響起了警報。

122 尚—賈克·盧梭（Jean-Jacques Rousseau，一七一二—一七七八），啟蒙時代的重要人物。

123 喬治三世（George III，一七三八—一八二〇），一七六〇年登基爲英國國王。

14

瑪格麗特・傑哈爾

沒有所謂的脆弱性別

14

Marguerite Gérard

Il n'existe pas de sexe faible

儘管哈吉夫人呼籲大家保持冷靜，但孩子們那天早上特別興奮，因爲班上來了一位農業專家，他還承諾午餐時會提供當令水果與蔬菜讓大家品嚐。迪亞哥跑向食堂時，已經在想像牛皮菜、地瓜、羽衣甘藍和蔓越莓等這些他第一次聽到名字的食物會「比麥當勞的快樂兒童餐更美味」，而這對他來說意義非凡。然而在餐桌上，大家的興奮之情卻戛然止住，餐盤裡的食物並沒有快速消失，那些蒸過的小蔬菜都黏在餐盤上。蒙娜數了一下自己咬了多少口，然後瞥了一眼垃圾桶。至於迪亞哥，雖然他不覺得這份餐點很棒，但他是這麼開心、這麼想要相信餐點的美味，以致於他大聲咀嚼，每吞一口就大喊一聲：「好吃！」

這種誇張地模仿高明美食家的方式惹怒了在場的孩子們；可憐的迪亞哥還來不及反應，眼前就出現一個比他更壯碩的男孩，凶惡地叫他閉嘴，並朝他的下巴丟了一片橘子皮。迪亞哥沒有抗議。他眼中噙著淚水，默默地吃完飯，然後去操場上發呆。

蒙娜全都看見了。挑釁迪亞哥的正是那個可怕的留級生。這讓她心碎，而且她非常討厭自己對紀堯姆的迷戀，這讓她感到內疚。午餐後，她第一次刻意將注意力放在那些踢足球的學生身上。那顆泡棉球在混亂的尖叫聲和手肘推擠中，從這一端飛向另一端。她凝視著他，他是那麼粗魯且討人厭，卻又如此充滿陽光。兩次傳球後，他停下來對她大喊：

「幹麼？妳還想再用頭接球嗎？」

蒙娜並不害怕，而是相當吃驚。她沒想到那個冷漠的紀堯姆竟然還記得兩個月前發生的事。一股無以名之的勇氣充滿了蒙娜的血管。

「紀堯姆！」她大聲呼喊他的名字。「紀堯姆。」她再喊了一次，對方停了下來。「我看到你在食堂對迪亞哥做的事了。這件事，我們心裡有數就行了，因爲我討厭打小報告的人。但是這很差勁，而且我認爲你應該比這更好。」

紀堯姆驚愕不已，感到一股無法控制的激動情緒，他走向她，而她依然驕傲地挺立著。他不知道該如何反應，於是做了一個滑稽笨拙的動作，就是抓住蒙娜的吊墜並猛力拉扯，但他沒有足夠的力氣扯斷那條串著吊墜的釣魚線。小女孩打了他一個巴掌。現場突然掌聲雷動。紀堯姆屈服了，他滿臉通紅，狼狽地回到球場……

*

亨利向自己保證，這一次沒有什麼能阻止他執行他的計畫。上個禮拜，他放棄了羅薩爾巴·卡列拉的作品，因爲蒙娜想要看「戀愛中的人」，而根茲巴羅比這位威尼斯的女粉彩畫家更能回應這道指令。但是羅浮宮最近有了一個絕妙主意，那就是購買了瑪格麗特·傑哈爾一幅鮮爲人知的小油畫。因此，前去觀賞這件剛購入的作品，會讓觀賞的樂趣加倍。他不僅能讓孫女領會這件作品驚人的複雜性，還能私下享受那幅畫在眼前散發的全新氣息。

一名綁著鬈髮的年輕女子穿著蓬鬆、有裙撐的白色緞面洋裝，側身端坐在一張小凳子上。她面向構圖的左側，而讓她的服裝蓬起的凳子則位於畫作的右下角。一隻查理士王小獵犬趴在一旁，動也不動地蜷縮在垂著流蘇的藍色天鵝絨椅子上。一隻靈巧的貓突然從座位的横檔下鑽出來，逗弄著那條狗的尾巴。女主角正在檢視一幅尺寸適中的裱框版畫。這幅銅版畫呈四分之三視角，描繪的是兩個人奔向裸童「普托」手中的酒杯，在保護這幅畫的玻璃上，我們還能看到檢視者有力的手臂的倒影。與這名神情專注的檢視者形成強烈對比的，是她周遭凌亂的工作室。背景的牆上掛了幾幅畫，但是因為光線過暗，所以無法清楚辨識。年輕女子的兩側擺放了一些家具，最靠近她的是一張位在光線下的路易十五時期風格小圓桌，桌子覆蓋著一塊鑲有金色滾邊的純紅色錦緞。這塊布皺巴巴的，褶痕上有一條不起眼的珍珠項鍊，尤其是還有一對「普托」[124]的雕像，它們相互抓著彼此的肩膀，正在爭奪腳下那顆跳動的心臟，頭上還戴著一頂對它們來說太大的羽毛帽子。在畫面的更深處，我們可以在寫字檯的大理石桌面上看到兩個彩色小雕像，幾片橘色的花瓣從小杯子裡垂下來，還有一捲大紙張。仔細觀察畫中最隱蔽的區域，還可見到一張螺絲凳、一個畫板夾、其他散落的紙張……。然而，最驚人的細節出現在左下角那裡，就在貓狗爭鬥的另一側，彷彿在觀賞這個小插曲似的。我們見到在一張有圖案的地毯上，一顆沉重的金屬球反射出觀眾背後部分的工作室。當然，這顆球有部分被印刷板和小地毯的褶皺遮住，不過小地毯並沒有完全遮住球面，凸面倒影清楚地反映出一名女畫家在畫架前的微型圖像，她沐浴在從窗戶灑下的日光之中，周圍有一隻蹲著的狗、一名坐著的女性和兩名站著的男性，其中一名男性正在觀察這位女畫家工作的情形。

蒙娜在作品前停留了十五至二十分鐘，儘管畫作中央的人物和令人著迷的倒影細節很搶眼，但她卻無法將目光從那隻仰面朝天的小貓身上移開。不過，對祖父很熟悉的她夠聽明，能理解今日課程背後的動機，並成功開啟了對話。

「好吧，爺耶，好像眞的只有男生才有資格成爲羅浮宮的藝術家！我們得等到一七八七年才終於出現一個女孩……」

「我看到妳讀了解說牌上的創作者名字，親愛的蒙娜。而且妳是對的，瑪格麗特．傑哈爾在一個由男性主宰的世界中，打開了一道裂縫。更何況，身爲女性，她不只是創作了一件非凡的藝術作品；她的作品更是透過主題，提升了一般女性的價值。」

蒙娜情不自禁地將自己投射到這幅畫中，她思索著〈有意思的女學生〉這個標題，同時觀察到自己在祖父身邊學習判斷與分析圖像，確實就像畫中穿著緞面長裙的女主角一樣。

「她穿得有點像上禮拜那個根茲巴羅的妻子……。這是誰呢？」

「事實上，蒙娜，我們並不知道模特兒的確切身分。當然，透過細心的歷史調查，今日我們相信這是謝侯小姐[125]。但這不是重點。準確地說，瑪格麗特．傑哈爾並沒有在肖

124 「普托」（putto，複數形式爲 putti）是藝術作品中的人物，通常被描繪成胖胖的、有時有翅膀的裸身小男孩。

125 安—露易絲．謝侯（Anne-Louise Chéreau）生於一七七一年，是雕刻家賈克—法蘭索瓦．謝侯（Jacques-François Chéreau）的女兒。她當〈有意思的女學生〉這幅畫的模特兒時，芳齡十五。

像畫上簽名。如同弗蘭斯・哈爾斯和他的〈波西米亞女郎〉，她創作的是風俗畫。」

「啊，對，我記得，這類型的繪畫講的是日常生活的時刻。」

「而在這個場景的中心，她呈現出這名年輕女孩具備專業才華，有能力評估一件藝術作品，並藉此提升她的長處，而這個女孩可以是任何一名年輕女孩。」

「而我，幸虧有你，或許有一天我也能像這個女孩一樣！」

「妳已經是了！妳已經是我的〈有意思的女學生〉了！但是我不准妳像她拿著銅版畫那樣抓住這幅畫……。妳沒有打算每個禮拜都讓羅浮宮的警鈴大響吧？總之……既然妳是專家，那告訴我妳的看法。」

「我想到維梅爾……。但是你跟我說過，他已經被遺忘很久了……」

「他的確是被遺忘了。不過，除了維梅爾這個特別的例子，事實上，上一世紀的荷蘭藝術在一七八〇年代非常受到追捧。所以，妳是對的。在法國，我們主要重新發現了北方地區的繪畫。毫無疑問，瑪格麗特・傑哈爾深受影響。她深入研究荷蘭風格，特別是對細節、質地、光學現象的細微描繪。人們將她與格拉爾德・特鮑赫[126]相互比較，而不是與維梅爾作比較，因爲維梅爾在當時鮮爲人知，他的作品還散發出一種嚴肅與形而上學的氛圍。喔！但今日大眾幾乎不認識特鮑赫。然而，從他於一六三〇年代在阿姆斯特丹開始執業以來，直到十九世紀末，他都是一位巨匠般的藝術典範……。而瑪格麗特．傑哈爾的繪畫是可以與他相媲美的。」

「所以這就是歷史上第一個成爲藝術家的女性嗎？爺耶。」

「幸好不是。只不過文化上的限制非常嚴格，導致直到十九世紀，甚至二十世紀初，女性藝術家仍非常的稀少。讓我告訴妳幾個這種極不平等的例子：在整個文藝復興時代和古典時代，教會都拒絕讓不同性別混處於同一間工作室裡，所以，當有男學徒或男模特兒在場時，女性幾乎不能在那裡接受培訓，除非是自己的家人。另外，由於習俗上希望女性能維持嬌弱的形象、從事乾淨安全的工作，所以她們不能成爲雕塑家。而當她們取得一定的名聲，她們也不能描繪例如軍事場景等等最被重視的主題，這讓她們只能創作跟軼事有關的主題，而且幾乎都是一種業餘愛好者的創作。這一切都源於一種偏見，認爲女性是**脆弱**的性別。**脆弱**的意思就是她們很容易屈服於自己的激情，**脆弱**的意思就是必須將她們隔

126 格拉爾德．特鮑赫（Gerard ter Borch，一六一七—一六八一），荷蘭畫家。

開並保護起來，以免受到世界重大事件的影響，例如戰爭。那些能在歷史上嶄露頭角的女性，例如十七世紀義大利的阿特蜜希雅・真蒂萊希[127]，或是一七七〇年代倫敦的瑪麗・莫瑟[128]，她們既是非常少見的例子，也是女性先驅和英雌。」

「所以，你是說瑪格麗特・傑哈爾是一位英雌？」

「這個嘛，以她自己的方式來說，是的，因爲她完全不會退縮。當時的人不是說女性是**脆弱性別**嗎？那又如何！她才二十六歲，但她會不斷累積傑出成就！看看她是如何創作這幅畫的。首先，她圍繞著『審愼地檢視一幅版畫』這個主要主題，展開了許多附加主題，包括兩隻動物之間的嬉戲互動、對溫柔與愛的暗示、所謂的靜物的活力，還有畫架上的作畫場景。儘管有這些細節，但由於圖案的分布非常平衡，再加上光影的布局，所以作品仍保持著一種完美的統一性。接著，她擴大了要呈現的素材範圍，從閃亮的刺繡緞面到人體肌膚的顏色，還有雕像的礦物質感。最後，她改變了作品裡的畫中畫圖像：她利用透視效果，對銅版畫進行了縮短處理，並加入了打褶袖子的倒影；地毯的圖案和紙張在金屬球下皺成一團，球的凸面讓畫外的人物變小並鼓起。能做到這樣，靠的不是一雙熟練的手，而是一雙靈巧的手。這證明了性別之間是沒有等級之分的。」

「可是，這裡還是有一件事讓我感到困擾，爺耶（她搔著頭，停頓了很長一段時間）。這幅畫叫做〈有意思的女學生〉……但是這個穿著寬大裙子的女孩，她是學生還是老師？」

蒙娜以最天眞的提問直指畫作的核心謎團。亨利仔細思考這個問題，然後用他最緩慢的語速回答。

「到目前爲止，我們事實上一直都以爲，中間那名在察看銅版畫的女性就是標題所指的那位。我們都同意這點吧？」

「是。」

「但我們並沒有仔細觀察……」

「什麼意思？爺耶。我啊，我可是有好好地看！」

「我也是，蒙娜。而且我確實看到這件作品裡有一位老師。」

「眞的？你看到他在哪裡？」

127 Artemisia Gentileschi，一五九三—一六五三。

128 瑪麗．莫瑟（Mary Moser，一七四四—一八一九），皇家學院僅有的兩名女性創始成員之一。

「他叫做尙—歐諾雷・弗拉戈納，外號是『神聖的弗拉戈』[129]。他是華鐸的繼承人，是十八世紀最偉大的藝術家之一，也是放蕩風格繪畫的代表。看，弗拉戈納就在那裡。」

「哪兒啊？」

「首先，注意一下構圖中間那幅銅版畫，事實上那是弗拉戈納最美的寓意畫之一，創作於一七八五年，叫做〈愛之泉〉[130]，那是它的雕版複製品，畫的是兩名戀人爭先恐後地跑去飲『普托』手中的杯子。銅版畫中的『普托』難以辨識，但我們可以說它們以立體形式化身爲小圓桌上的那對小天使，這對天使的頭上戴著一頂過大的帽子，顯得有點好笑。再說，蒙娜，我們還沒有仔細察看作品左側那顆金屬球上的微小倒影（他停頓了很長一段時間）。妳仔細觀察，那裡能見到工作室的其他部分，除了一隻乖巧坐著的狗，還隱約可看到四個人的身影。正在畫架前畫畫的顯然正是畫家本人，也就是瑪格麗特・傑哈爾。坐在她旁邊的是她的姐姐，『細密畫』畫家瑪麗—安娜・傑哈爾[131]，站在倒影右側的是她的哥哥亨利[132]，他是一位非常優秀的版畫雕刻師。最後，站在女畫家背後的是瑪麗—安娜的丈夫，他也是瑪格麗特的姐夫跟老師，那正是弗拉戈納。他正在指導他的學生……。妳知道這代表什麼嗎？」

「代表〈有意思的女學生〉也是畫這幅畫的人，同時還是我們在倒影中見到的那個很小的人……」

「沒錯，蒙娜。我們解開謎團了，那位『女學生』就是瑪格麗特．傑哈爾，在他老師弗拉戈納眼中，她是『有意思的』……。而且這位老師還與他的傑出學生聯手，共同描繪了這幅畫的一個主題……。這就解釋了爲何他的名字會與作者一起出現在解說牌上。所以，這幅畫的某個細節是出自弗拉戈納之手。妳猜猜是哪一個？」

「請給我一個提示，拜託你。」

「這個細節應該是妳的聖誕節願望……」

「喵！一隻貓！弗拉戈納畫了一隻公貓！」

---

129 尚—歐諾雷．弗拉戈納（Jean-Honoré Fragonard，一七三二—一八〇六），法國畫家，又稱「神聖的弗拉戈」（le divin Frago）。

130 *La Fontaine de l'amour*

131 Marie-Anne Gérard，一七四五—一八二三。

132 Henri Gérard，一七五五—一八二五（?）。

15

賈克—路易・大衛

願過去有助於你的未來

15

Jacques-Louis David

Que l'antique te serve d'avenir

在舊貨店裡，維爾圖尼小雕像的愛好者再也沒有出現。這實在令人遺憾，因爲保羅已經粗略清點了在遺落的舊紙箱裡找到的小雕像，並從躺在那裡的三百二十九個小雕像中，選出約十五個擺在店裡。在蒙娜的建議下，他決定將它們分散，依個別的情況各自擺放，而不是將它們當作同質商品集中放在一起。

一個週日，小女孩做完功課後，決定跟她父親一起繼續整理那些小雕像。她想要將躺在長凳上的鉛製小人像放在燈管的光束下，營造出夏日午睡的錯覺。爲此，她必須稍微移動霓虹燈的掛鉤，也就是說，她要打開並爬上矮梯，用槌子將釘子釘到牆上。有很多事情在我們嘗試過後，就會變得如此簡單易懂。也有很多事情因爲缺乏第一次的經驗，就會成爲潛藏著各種威脅與傷害的未知領域。保羅溫柔地提醒女兒，他是家裡的修理匠，所以這個工作應該交給他。但蒙娜近乎生硬地明確拒絕了。

矮梯晃動著，槌子很重。儘管缺乏經驗，不過蒙娜應付得很好。但意外還是發生了。當大榔頭往金屬末端敲下最後一擊，她感覺有什麼東西斷了。由於一系列無法解釋的巧合，串著吊墜的釣魚線鬆了，這條線幾天前才被可怕的紀堯姆扯過。就像慢動作一樣，貝殼掉了下來，撞到孩子腳下的平台，在上面滾動了一下，然後搖晃著從通風口的柵欄間隙墜落。蒙娜的心碎了，她開始尖叫。保羅以爲她弄傷了指頭，急忙跳起來，像接包裹一樣用一隻手抓住她，然後把她放了下來。整整五秒，他都無法讓她開口說話，直到她蹲下來，開口道：「奶奶！」這很荒誕，甚至有點滑稽，但保羅立刻明白那是什麼意思。吊墜掉了，甚至可能丟失了。然後他被眼前所見的嚇呆了。物體掉落的通風口被一道鐵柵欄堵住，這個鐵柵欄笨重到足以嚇阻最強壯的犯人。蒙娜不在乎。她二話不說，以被囚禁者那種難以形容的決心去拉扯它。一次、兩次、三次、五次，她的手腕幾乎要斷了。第六次，柵欄被打開了。蒙娜伸手探進黑暗的洞窟中，取回了幸運物。然後她鬆了一口氣，靠在父親的胸膛，淚流滿面。

晚餐時，蒙娜向母親敍述了這件事，但沒有特意強調或誇耀什麼。她沒有把甜點完全吃完，而是很快就去睡覺了。小女孩一鑽進被窩，躺在秀拉的海報底下，就被一個問題糾纏著：她是否應該告訴父母，在那心臟狂跳、漫無止境的幾秒鐘裡，無數的黑點又再次偷走了她的視力？

*

亨利發現，這個星期三將是最後一次欣賞舊制度時期[133]的作品。見鬼了！他告訴自己，已經二月中了，時間眞快，一週一週地過去，現在刻不容緩的是向蒙娜介紹至少一件來自君主政體的官方委託，而不是畫架上的小畫作。他突然想到，他爲孩子擘畫的藝術全景很有可能會因爲一些令人惱火的阻撓而受損。好吧！那他們今天就去看一件大型的委託作品。這份委託是如此重要，以致於在一七八三年接到委託且以極度傲慢著稱的畫家，敢於兩年後交付一件尺寸超過王室建築總監規定的畫作！這不怎麼討人喜歡……。更妙的是，這件作品雖然是爲路易十六[134]創作的，但回顧起來，它應該被視爲一場史無前例、翻天覆地的巨變的前兆……。向蒙娜解釋這一切是適當的，因爲當她走近這幅畫時，顯得既害羞又懷疑，似乎退縮了。

---

133 舊制度時期（Ancien Régime）指的是法國中世紀末到大革命爆發的這段時期，約是一五〇〇年至一七八九年。

134 路易十六（Louis XVI），一七五四年出生，一七七四年即位。一七八九年法國大革命爆發，路易十六於一七九二年被罷黜，革命黨人改稱其爲公民路易・卡佩（Louis Capet），一七九三年被國民公會（Convention nationale）判處死刑，上了斷頭台。

這是集體發誓的瞬間，地點與服裝都是古代的。地面有濃厚的礦物質感，由略微磨損的灰褐色地磚構成，背景有三道以多立克式柱[135]支撐的連續拱門，拱門後方是一片厚重的幽暗。側邊的牆面由切割得非常規則的石頭砌成，完美呈現了這個場景，對稱性以及從左到右的明亮光線讓這個場景更具戲劇性。整個情節也是從左至右展開，並被三道連拱廊隔成三個部分。我們首先看到三名年輕男子緊緊靠在一起，他們的身影在深處重複出現，排成一列。他們戴著冠狀盔飾的頭盔，腳上穿著繫帶涼鞋，身著紅、藍、白三色的托加長袍[136]。他們有著相同的姿勢，雙腿以六十度角分開，一隻手臂水平伸直，與視線形成一直線，手掌朝向地面。第二個人的右手緊緊環住第一個人的腰，第一個人的腰部有甲冑護著，手上拿著一支長矛，長矛的底部靠著他的小腿肚。那些伸直的手臂直直朝向三把劍，這三把劍由一名面向他們的男子揮舞著。這名男子留著鬍子，一頭灰髮，他那稜角分明的臉龐和高挺的鼻子在光線的照射下更顯突出，他的雙眼則凝視著高處的光源。最後，隨著三名男子、三把劍、三道連續拱門的視覺韻律，我們看到三名坐著的女子被無聲的悲痛壓倒，她們的身體癱軟，面容僵硬。在暗處的那名女子身穿藍色的披裹式衣服，環抱著一對幼兒，其中年長的那個孩子正密切注意著中間那組人馬。另外兩名女子位於這件作品的末端，她們頭靠著頭，正在一起哀悼。這幅畫的筆觸非常精細，但毫不做作，讓我們能在最微小的細節中觀察到最精確的線條和逼真度，從足部表面躍動的微小血管，到拱石薄層上的劣化砂漿，全部一覽無遺。

「爺耶，我知道你常去看戰爭，但是我啊，我討厭戰役和武器……」

「我也不喜歡，蒙娜，很少有人會欣賞殺戮和死亡……。事實上，妳看到的場景來自西元前七世紀的一個歷史事件，當時阿爾巴[137]和羅馬這兩個相鄰的城市發生了衝突，但人們想避免過多的流血事件。爲了免除一場大屠殺，大家決定解決衝突的規則就是每個城市選出三名最優秀的戰士，進行一場戰鬥來決定結果：荷拉斯兄弟代表羅馬陣營，庫里亞兄弟代表阿爾巴人。這是一個難以忍受的犧牲時刻，因爲這兩個家庭的關係很密切。看看

135 多立克柱式是古典建築三柱式中最早出現的一種，源於古希臘。

136 「托加」長袍（Toga）是古羅馬男性的典型服裝。

137 指的是阿爾巴隆迦（Albalonga）這個位於義大利中部的城市，在羅馬東南方十九公里處，公元前七世紀被羅馬消滅。

右邊那兩名女子，那是薩賓娜，她是荷拉斯大哥的妻子，也是庫里亞兄弟[138]的姐妹，而卡蜜兒，她是荷拉斯兄弟的姐妹，同時也是其中一位庫里亞兄弟的妻子。所以，無論哪一方贏，戰鬥的結果都**命中注定**會帶來難以承受的痛苦。而這裡，荷拉斯家族三兄弟向他們的父親宣誓：我們將會勝利，或者我們將會死亡。他們被一個超越自身的使命驅使著。」

「可是這太可怕了！畫這個太殘酷了！」

這不算錯，老人想著，但他只是保持了一種超然的靜默。當然，他想說當選爲國民公會議員的大衛，毫不猶豫地投票將被稱爲卡佩的路易十六送上斷頭台，他支持恐怖時期[139]的血腥統治，對於被公開斬首的前同志或贊助者，他沒有任何的遲疑。還應該補充的是，一七九四年年底，輪到大衛擔心自己的命運時，他可悲地背棄了他的朋友羅伯斯比，爲的是要逃避吉約丹[140]在他頸後吹「一口涼氣」。最後也該談談他對民主的熱情、對「人民之友」馬拉[141]的價值觀的信念，他還畫了這名浴缸裡的殉道者，但十年後，他毫無困難地接受了對皇帝拿破崙的崇拜。不過，解釋這個曲折的命運，意味著要立刻譴責這個在他孫女眼中十分可怕的男人，但亨利不想這麼做，否則就會難以聽到藝術家傳遞的巨大訊息。

「我不相信他喜歡殘酷。妳不妨記住這一點；大衛是一個叛逆的人。他堅決反對放蕩者的道德觀和想法。」

「啊！我想起來了！你曾在華鐸前面跟我提過這個詞，對吧？」

「對。放蕩精神，在路易十五時期非常盛行，到了路易十六仍然存在。它的具體代表是威尼斯作家暨冒險家賈科莫・卡薩諾瓦[142]，還有我們上回提到的繪畫界的『弗拉戈大師』，尤其是著名的法蘭索瓦・布榭。大衛剛邁入成年之時，布榭已接近生命的終點，他們曾短暫相遇。年長的布榭給了這名年輕男孩一些建議，但沒有當他的導師，也來不及看到他成爲他那個時代最傑出的藝術家。這對他來說可能比較好，因爲就像維克多・雨果說

---

138 Curiaces

139 恐怖時期（La Terreur）指的是法國一七九三年至一七九四年這段時期，此時由馬克西米連・羅伯斯比（Maximilien Robespierre，一七五八—一七九四）領導的雅各賓派（Club des Jacobins）統領法國，在大規模剷除異己的行動之下，許多人都被送上斷頭台，直到羅伯斯比垮台並命喪斷頭台爲止。

140 吉約丹（Joseph-Ignace Guillotin，一七三八—一八一四），法國醫師，經過他改良的斷頭台成爲法國大革命時期的處刑工具，此後「吉約丹」這個名字就成爲斷頭台的代稱。

141 馬拉（Jean-Paul Marat，一七四三—一七九三），法國大革命時期著名的雅各賓派政治家，在浴缸中被刺殺身亡。

142 Giacomo Casanova，一七二五—一七九八。

的，大衛最終把布樹『送上斷頭台』了。當然，這是象徵性的說法！大衛受到公衆的讚賞，也受到學生的崇拜，他權力無邊，但實際上卻成了洛可可風格的無情毀滅者。這件〈荷拉斯兄弟之誓〉就展現了這種破壞的力量，從嚴格的幾何裝飾到畫中角色堅定的態度，一切都是嚴肅的、清楚的、有次序的，並以某種英雄主義爲依據。根茲巴羅的公園對話魅力似乎已經是來自另一個世界了……」

「至於華鐸可憐的〈丑角皮耶洛〉，他甚至已經跌至谷底了……」

「完美的觀察！妳還記得我跟妳講過維翁・德農的事嗎？他在無意中發現了〈丑角皮耶洛〉，並於一八〇四年買下這幅畫，同年成爲羅浮宮的第一任館長。這個嘛，妳能想像嗎？大衛還爲此嚴厲譴責他！」

「欸，這個大衛，他看起來有點可怕，他的性格很適合那些愛打架的人。而且我覺得你會同意，爺耶！」

「不。我欣賞大衛。他的繪畫是所謂『啟蒙運動[143]的理想』的顚峰，這種理想是基於對理性、公民德行、人人平等的訴求，反對自私自利、權力專制和宗教教條的蒙昧主義。這幅〈荷拉斯兄弟之誓〉確確實實頌揚了這些價值。看看這三位戰士。伸直的手臂和腿部的姿勢，證明了他們堅定不移的決心。擱在腰間的那隻手標誌著他們的團結一致。觀察一下大衛如何仔細地描繪人體，他想要每一塊肌肉都非常明顯，這樣才能強調動作的感覺。在預備習作中，他首先畫的是裸體模特兒，爲的是要捕捉解剖學上最微小的細節。但這並沒有阻止他接著小小作弊一下，例如稍微拉長部分肢體，使其更能融入構圖的氣勢。」

「他們似乎有點像雕像……」

「是的，完全正確。大衛本身不是雕塑家，但是他畫中的人物卻非常像雕像。他會讓畫中的角色穿上冷色調的衣服，如果我們仔細觀察他們的皮膚，就會看到他們的膚色接近灰色和粉色。至於光線的效果，每次都能突顯出身體的凹凸和輪廓。他們的態度融入了一段值得永恆銘刻的偉大歷史。值得一提的是，大衛出生那一年，也就是一七四八年，大規模的考古挖掘讓我們重新發現了龐貝古城。一整段的過往具體浮現了！」

「所以這就是他畫這場古代戰役的原因？」

「是啊。儘管自文藝復興以來，古代已經成爲很重要的參考，但十八世紀下半葉對這

143 啟蒙運動（les Lumières）是發生在歐洲十七至十八世紀的一場哲學與文化運動。

個時期又燃起了一股新的、更爲強烈的熱情。大衛經常造訪普魯士作家約翰・約阿希姆・溫克爾曼[144]並閱讀他的作品。他是一位知識淵博的人，長期探索古代希臘和義大利城市的遺址與廢墟，並依風格對它們進行分類。不幸的是，溫克爾曼在一間旅館房間裡遭到謀殺，年僅五十歲。不管如何，大衛擁護的是名爲『新古典主義』[145]的學說，這個學說認爲古代的典範是不可超越的。」

「但事實上，爺耶，這是說大衛比較喜歡生活在過去嗎？」

「這就是矛盾的地方……。大衛這個人，我再跟妳說一次，他是一個叛逆的人，而一個叛逆的人不會受到懷舊之情的束縛。他說，我們的責任是認識過去，目的是要從中獲得靈感，並汲取價值觀來建構未來的理想，也就是啟蒙運動的理想。現在看看那個金色鬈髮的孩子。他縮在一旁，被他悲痛的祖母掩護著。這不僅僅是作品中的一個細節，不，遠非如此。他的表情是擔憂嗎？應該是的！不然還能是什麼？他還只是個孩子。然而，他全神貫注地凝視著荷拉斯兄弟宣誓的場景。因此，他象徵著對未來、對新生的期盼，一種超越當前悲劇的重生希望。而且這個孩子的內心激動不安，在眼前的悲劇和對荷拉斯兄弟的欽佩之間掙扎著，他已經在反抗了。」

「你贏了，我開始有點喜歡你的大衛了……」

「很好。這件作品的創作時間是一七八五年。不過，妳能說說四年後，就是一七八九年七月十四日那天，發生了什麼事嗎？每次我們經過七月柱和它的自由神像時，我都會跟妳解釋……」

「攻占巴士底監獄！就在你住的地方旁邊。」

「完全沒錯。但在此之前還發生了另一件事。六月二十日，人們在凡爾賽宮的網球場發表了一份宣言，立誓在起草一部更公平的憲法之前，絕不解散全體議會。這個緊密團結、反對專制主義的議會，代表了我們所謂的第三等級，也就是除了貴族和教士以外的幾乎所有人。在某種程度上，這是法國大革命的開始。妳想像一下，大衛接受委託，描繪這個建國的時刻。他開始著手一幅巨大的作品，但從未完成。不管怎樣，這份宣言產生了非常重

144 Johann Joachim Winckelmann，一七一七—一七六八。

145 新古典主義（néoclassicisme）興起於一七五〇年左右的啟蒙時代歐洲，一七八〇年至一八〇〇年是這項運動的鼎盛時期。

大的結果，它導致同年八月四日廢除了特權，二十六日發布了《人權暨公民權宣言》[146]。這份文件宣稱，你和我，不分男女，我們每一個人都生而自由且平等，擁有相同的權利。而這個，妳看，這確實達到了期待已久的啟蒙運動的理想。因此，反抗是值得的。」

蒙娜和亨利離開了羅浮宮，小女孩似乎對這個午後感到很震撼。回到她住的蒙特伊時，在巴拉街的轉角，她憂心忡忡地看著她的祖父，這個神情讓人想起大衛筆下那名金髮的孩子。她問他，她是否也是叛逆的。

他笑了，對她的愛更甚於以往。

「不，蒙娜，妳正在進行革命。」

---

146 Déclaration des droits de l'homme et du citoyen

16
瑪麗—吉耶曼・伯努瓦
廢除所有的隔離

16
Marie-Guillemine Benoist
Abroge toute ségrégation

「M⋯R⋯T⋯V⋯F⋯U⋯」右眼的功能很正常。「E⋯N⋯C⋯X⋯O⋯Z⋯」左眼也是。蒙娜在馮・奧斯特醫師那裡展現了非凡的感知能力，讓卡蜜兒著迷不已。自那件事情發生以來已經四個月了，看到女兒能從這麼遠的地方讀到字母，讓她感到寬慰。的確，這個孩子沒有向任何人吐露十天前在舊貨店如閃電般的短暫復發，但檢查過程讓她充滿信心，蒙娜甚至宣稱她可以辨讀掛在視力表附近的小字海報。這把馮・奧斯特醫師逗樂了，要她接受她爲自己設定的挑戰。小女孩有著異常的敏銳度，似乎能看到每一個黑色字母的曲線和直線。她認眞地大聲讀出診間裡用圖釘釘住的那篇文字：「希波克拉底[147]誓言。當獲准行醫時，我承諾並發誓會忠於榮譽和誠實的準則。我首要關切的是恢復、維持或促進健康的各個面向，包括生理和心理、個人和社會。我尊重所有的人、他們的自主性和意願，不會因他們的狀況或信念而有所歧視。如果他們的完整性或尊嚴被削弱、受到攻擊或威脅，我會保護他們。」卡蜜兒和馮・奧斯特對孩子的表現予以稱讚。經歷短暫失明的戲劇性狀況後，這樣一個視覺上的驚人展現讓他們驚嘆不已。馮・奧斯特在相同的距離重複測試了一次，但這回是用另一張印刷品。蒙娜同樣通過了測試。這眞的是不可思議。

「我們必須進行進一步的分析，但她至少拿到十八。」醫師透露。

「妳有聽懂嗎?蒙娜。意思是視力零點九!」卡蜜兒興奮不已。

「不,不,女士,不是零點九。」馮·奧斯特澄清。「是一點八。蒙娜的視力是一點八,是狙擊手的那種視力……」

看診結束後,在巴黎擁擠的街道上,卡蜜兒比平常更加開心,她允許自己跟女兒一起做些白日夢。

「妳怎麼會有這麼好的視力,我親愛的?這一定是遺傳自妳父親!當然不會是我!狙擊手?這個醫師眞是胡說八道。但妳說不定會成爲法國巡邏兵飛行表演隊的飛行員?我可以在七月十四日的香榭麗舍大道遊行中向妳打招呼!妳駕駛飛機經過時,能從人群中認出我。」

「媽媽,」小女孩心不在焉地回答,「那篇文章是什麼?」

「文章?什麼文章?親愛的。」

「就是我讀的那篇,在牆上的……」

147 希波克拉底(Hippocrate,約西元前四六〇年至西元前三七〇年),古希臘時代的醫師。

「啊……我想那是『希波克拉底誓言』。」

「希波克拉底？那是誰？」

「醫師的始祖。這是第一個在古代定義醫師職業主要原則的人。一些醫師會將它張貼在診間裡，因爲這對他們來說有很大的價值。」

「這篇文章很美……。以後，我也想要治療人們。」

*

儘管亨利欣賞貝聿銘的金字塔幾何切割設計，卻很討厭毗鄰的粗俗購物長廊。同樣的，當蒙娜著迷地看著一個新奇小玩意或隨便一則廣告時，他覺得那個將藝術作品所能呈現最美、最有意義的事物留在她記憶裡的計畫再次燃起。然而，就在那個星期三，他們偶然看到一間連鎖餐廳的門口擺著一個用來吸引客人的兩公尺高熱狗模型：一根香腸夾在兩片麵包之間，還配上一雙腿與一張臉，從管子裡流出的濃稠芥末就淋在上面，那個東西還舔著嘴，彷彿正提前享受吃掉自己的樂趣。亨利認爲這是當代世界所能產出的最令人反感的精髓，但是這畫面讓蒙娜感到飢餓。雖然亨利讓步了，但他仍催促小女孩趕快吞掉她的三明治，不要磨蹭。心滿意足的她懶洋洋地問祖父今日的計畫。他們要去看蒙娜麗莎的妹妹。

這是一位黑人女子的肖像，她面向畫作右側，以四分之三側身的姿勢坐著，但是她的頭轉了過來，目光直視前方。構圖的左側可以看到一小塊扶手椅的椅背，但是太小了，只能辨識出一部分的木製骨架和幾顆閃亮的釘子，其餘的部分則被一大塊藍色的布蓋住，這塊布從上橫檔沿著扶手垂了下來。年輕女子的畫面只到大腿，看不到腹部或小腿上方，甚至連形狀都無法得知，那是因為這件長袍雖然有繫著一條不顯眼的紅色絲帶，但它從肩膀直直滑落到胸部下方，看起來就像寬鬆的白色毛巾。模特兒用幾乎呈直角的左手緊抓著這件衣服，另一隻手則放在腹部。儘管她確實是坐著的，卻隱約讓人想到半坐著的臥床者，並吸引了所有人的注意。她的胸脯半裸，瘦弱的雙肩下垂，肩膀的軸線優雅地形成一條斜線，為構圖中央增添了節奏感。柔軟的長頸上有一張鵝蛋臉，頭上圍著一條寬大的薄紗頭巾，透過垂落的透明末端隱約可見沒有細節的米灰色背景。幾縷髮絲冒出，從太陽穴到額頭都有，右耳有個金光閃閃的耳環。層層光線灑在半裸的乳房、肩膀、鎖骨、甚至臉龐上，讓黝黑的皮膚充滿生氣。緊閉的嘴唇上方有一道微妙的光線，這道光線驅散了陰影，突顯出鼻梁，特別是那隻又圓又大的黑眼睛。由於作品的背景是中性的，所以這幅畫可能顯得深度不足；但事實上，整個深度都隱藏在這個起伏明顯的形狀上。眉弓上有一道纖細的眉毛。作品署名為「拉維爾·勒胡，F·伯努瓦[148]」。

經過十五分鐘的耐心檢視，蒙娜指著「拉維爾·勒胡，F·伯努瓦」這個姓名烙印，與祖父展開對話。這個句子被分成兩行，對她來說似乎又長又有點複雜。最重要的是，蒙娜對它在畫作中的位置感到訝異。

「關於作品的簽名，長久以來既無慣例，也沒有指南。當然，自文藝復興時期開始，將名字放在畫作上已經成爲一種常見的做法，這能提升畫家的社會地位並確保作品的眞實性。不過，直到十九世紀，這種做法都還未眞正固定下來：有時簽名，有時不簽，簽在哪裡都沒有太大的區別。在這裡，大幅的草書簽名清楚呈現在中性背景上，清晰可辨，強調了藝術家的個體性。而且它正好位於微握的拳頭上方，意味深長，這可能在暗示被描繪者和畫家之間的象徵關係。但是我們先來看看這是誰。『拉維爾—勒胡』是女畫家婚前的姓氏，『伯努瓦』則是她丈夫的姓氏，婚後就成爲她的姓氏。事實上，隱藏在這個混亂名字背後的只有一名女性，她就是瑪麗—吉耶曼。」

「她有名嗎？」

「非常沒有名氣。妳還記得我跟妳說過的瑪格麗特．傑哈爾嗎？對女性來說，那個時代充滿了束縛和偏見，而瑪麗—吉耶曼也不能倖免。她嫁給了安傑的伯努瓦[149]。一七九三年，她的丈夫因捲入一宗商業醜聞而不得不流亡瑞士，瑪麗—吉耶曼則遭到恐怖時期的探員騷擾。由於丈夫失寵，她必須不斷作畫與販賣小幅的道德畫作來供養這個家。當她的丈夫重返政治舞台，於一八一四年被任命爲國務委員[150]時，他要求瑪麗—吉耶曼中斷她的畫家生涯。她屈服了，但心已死。然而，她卻能在這段時間裡完成這幅獨特的肖像。一名女子讓另一名女子成爲衆所矚目的焦點，這並不尋常。但還有更奇特的事……」

148 Laville Leroulx, F. Benoist

149 安傑的伯努瓦（Benoist d'Angers，原名爲 Pierre-Vincent Benoist，一七五八—一八三四），法國銀行家暨外交家。

150 國務委員（conseiller d'État）負責司法事宜。

「喔，別這麼神祕，爺耶！我知道，到目前爲止，在所有我們一起看過的作品中，那些人物都是白皮膚。這是我們第一次看到黑色的臉孔。」

「在舊制度底下，黑人的地位遭到無恥的貶低，因爲他們在殖民時期被迫淪爲奴隸。然而在大革命時期，情況有了改變，共和曆二年雨月十六日[151]，奴隸制度被廢除。不過這是暫時的，因爲拿破崙在不到十年內又恢復了這項制度。此外，在一七九七年與一七九八年，一位名叫吉羅代[152]的藝術家展出了一位西非格雷島[153]代表的肖像。瑪麗－吉耶曼打破的是一項美學禁忌，因爲主流理論（有不少是愚蠢的種族歧視觀點）認爲，畫布染上棕色系的色調並不賞心悅目。學院說這是『對繪畫的造反』。但這完全是錯的。這名黑人女性在色彩上的細微差異，還有臉部或胸部的光線漸層，以及從烏木般的色澤到金褐色的細膩轉變，都不亞於那些常見的模特兒的蒼白膚色。再說，黑色皮膚在此被白色的布映襯得更加黑亮。」

「有時候，你眞的只看到你想要看的！我跟你說，還有藍色的布……」

「當然沒錯，蒙娜。另一方面，妳有沒有注意到代表腰帶的那一小筆紅色？藍、白、紅……。這是在暗示法國國旗，它的樣式是賈克－路易．大衛於一七九四年確定的。」

「噢，爺耶！你又跟我提到他，眞有趣！那幅〈荷拉斯兄弟之誓〉讓我感到一絲寒意。好吧，我本來要避免跟你說，但是這幅畫給我的印象也有點相似……」

「妳想說什麼都可以。面對一件藝術作品時，我們永遠都不應該壓抑自己的情感或沉默不語。我們反而必須藉此來尋找原因。不過，無可爭辯的是，這幅肖像透著某種寒意，這可能是因爲瑪麗—吉耶曼曾於一七八六年在大衛的工作室待過。她學到了新古典主義。妳還記得嗎？新古典主義摒棄過於閃耀的漂亮事物。背景一片空白；不施粉黛、不賣弄，除了耳上的一件黃金首飾。這位模特兒很自然，例如我們從雙肩下垂的線條就可以感覺到這一點，她的臉部表情也很平淡。由於這名女子是黑人，她原本可以激起一股趨向激情與熱情的異國情調想像力。但瑪麗—吉耶曼並不受這些刻板印象的影響。她避免把這幅畫弄得太秀麗別緻，也不做作。儘管這種有分寸的距離讓這幅人像畫有點冰冷，但同時也賦予

151 共和曆是法國大革命時期使用的曆法，第二年的雨月十六日（16 pluviôse an II）相當於西元一七九四年二月四日。

152 吉羅代（Anne-Louis Girodet，一七六七—一八二四），法國畫家。

153 格雷島（Île de Gorée）現今是塞內加爾的領土。

了它一種高貴感。這種冷漠就是她的尊嚴之所在。」

「爺耶，」蒙娜笑著繼續說，「你知道的，我現在已經長大了，總之，我很清楚她露出她的乳房……」

「喔，我明白妳的意思！是的，這個明顯的胸部或許是一種情色標誌，目的是吸引男性收藏家的目光！但從更隱喻的角度來看，這也是養育的乳房，是生育力的象徵。而且，如果妳讓我來一點女性主義的思辯，我會說這也是在影射古代的亞馬遜女戰士，她們為了能夠將弓斜掛在肩上，會切掉右邊的乳房。她們是自己切掉的，妳沒聽錯。」

這個想法讓蒙娜做了個鬼臉，偶爾出現的稚氣反應讓她緊緊靠著祖父的腰。他任由她這麼做，等了一會兒後，他屈膝蹲下，用低沉的聲音講話，讓她能清楚聽到接下來的故事。

「妳要知道，蒙娜，自十七世紀中葉以來就有一個非常重要的官方活動，類似於今日的博覽會，在活動期間，藝術家們可以向大眾展示他們的作品。這就是我們所稱的『沙龍』，指的是羅浮宮用來舉辦這類活動的『方形沙龍』。我以後會常跟妳談到它。這是一個至關重要的時刻，因為我們可以在那裡欣賞畫家和雕塑家所能創造出來的最美作品。一般來說，牆上展示的是著名人物的肖像，這些人通常出身貴族，還會展示特別具有政治或道德意義的歷史場景。這些主題高掛在沙龍展覽牆的畫軌上，也就是置身在一個享譽盛名的象徵性空間之中。然而，在一八〇〇年，瑪麗－吉耶曼的畫作卻在那裡占有一席之地。妳明白嗎？一位女性藝術家膽敢將一名黑人女子置於藝術的頂端。她打破了種族階級；她削弱了隔離的惡魔。她藉此向瑪德蓮致敬。」

「瑪德蓮，是指那位女士嗎？」

「是的，這是模特兒的名字。她來自安地列斯群島[154]，並在藝術家的姻親家裡當僕人。這幅畫收藏在羅浮宮裡已經兩百年了，沒有人認為有必要去找出她的身分。但是藝術史學家最後還是進行了調查，讓這件作品的標題得以更改，以前叫做〈黑人婦女的肖像〉[155]，現在則稱為〈瑪德蓮的肖像〉。」

「我覺得這相當奇怪，爺耶，我們居然有權這樣改標題……」

「如果是老畫作，這種情況並不少見。標題就有點像我們剛剛講的簽名，長久以來

154 安地列斯群島（Les Antilles）位於南美洲和北美洲之間。

155 *Portrait d'une négresse*

都被視爲次要的，很容易隨著時間而改變，因爲畫家在命名時可能猶豫不決，或是因爲他給的指示不夠明確。最重要的是盡可能清晰地記住這些名稱的變化，否則我們就會背叛了歷史。」

離開羅浮宮時，蒙娜顯得悶悶不樂，還有點羞愧。亨利想知道這是不是出於某種晦澀美學或形而上學的原因，使得今天的主題讓她感到煩惱。當小女孩終於開口時，她的祖父翻了一下白眼。不，沒有什麼能讓她心煩意亂；她只是夢想著要吞下第二根熱狗……。當然，亨利讓步了，他的目光疲憊卻充滿了愛。

17
法蘭西斯科・哥雅
怪物無所不在

17
Francesco Goya
Partout sont tapis les monstres

雖然蒙娜狠狠地給了討厭的紀堯姆一記響亮的巴掌，但這並沒有眞正改變操場上的勢力關係。踢足球的男孩們仍然是主宰者，任何人只要靠近比賽，他們就會威脅要把球踢到對方臉上。這些粗暴無禮的行爲讓莉莉越來越生氣。有一天，那顆骯髒無比的泡棉球滾到她腳邊，她抓起球，抱在胸前大聲吼道：

「操場是大家的！」

雖然有人推擠，但她挺住了，婕德和蒙娜勇敢地揮著雙手來保護她。莉莉趁機宣稱她可以在紀堯姆的防守下進球。她宣布，如果其中一名女孩能得分，他們就必須共享場地。這引來一陣嘲諷，但紀堯姆自信滿滿，接受了挑戰，守在兩根門柱之間，而他的對手則在約五公尺之外，將球擺好，開始射門。可惜莉莉犯了一個錯誤，伸腿時中斷了跑步，導致她的身體失去協調，模樣滑稽地向後摔倒。她的笨拙讓男孩們以爲勝券在握，開心地揶揄她，但是婕德指出莉莉並沒有碰到球，因此比賽還沒開始。然後她看看倒在地上、既尷尬又困惑的莉莉，明確指出自己才是女孩們的代表。好吧，大家都同意。紀堯姆如往常般傲慢，聲嘶力竭地喊著：

「吊眼仔的足球踢得很爛！」

這個帶有種族歧視的侮辱顯然是在影射婕德那雙鳳眼，但她的歐亞混血其實是來自烏茲別克。不過她已經太熟悉這種蠢言蠢語，所以忍住了怒火。她沒有衝刺，而是肩膀直指球門，胸膛挺直，以迅速且精準的動作踢球。那顆球飛得很快，在地面上方稍微畫出一道弧線，撞上門柱並彈了起來，接著幸運地彈到紀堯姆的小腿肚上，紀堯姆嚇了一跳，膝蓋彎曲了起來。他轉過身，看到球陷入網裡。

就像特雷澤蓋[156]在二〇〇〇年歐洲盃足球賽踢出一記致勝的半截擊[157]，婕德欣喜若狂地投入朋友們的懷抱，她們雀躍不已。莉莉已經忘了她跌倒的事情，她打著拍子唱著：「我們贏了！」有些學生正在檢查門柱，想要弄懂球撞上柱邊的反彈角度，並不斷重溫這個動作。婕德享受著勝利者那種帶著內疚的狂熱。

「出去，留級生！」她向因挫敗而發楞的紀堯姆喊道。

蒙娜毫無保留地爲女孩們的勝利感到開心，但她忍不住細細觀察，發現「出去，留級

156 特雷澤蓋（David Sergio Trezeguet，一九七七—），一九九八年進入法國國家隊，二〇一五年正式退役。

157 半截擊（Demi-volée）指的是球一落地彈起，還沒彈到最高點就踢出去。

生！」這句話對年輕男孩帶來如世界末日般的痛苦。這眞是太殘忍了……。他逃向有棚頂的操場。他在孩子們中顯得過於高大，他應該已經上中學了，這簡直令人無法忍受。婕德瞄得很準，太準了。紀堯姆躲到廁所裡哭泣，對自己成爲迷失在這群大衛中的歌利亞[158]而感到憤怒，他無法在這所學校裡找到自己的位置，只能以自我傷害的方式來表達。蒙娜悄悄走進廁所，輕輕敲門，紀堯姆在裡面無法控制地啜泣。

「走開，白痴。」他對她大聲喊道。她對他說，操場是大家的，它也是你的。

*

當亨利與孫女在黎希留通道的拱廊下漫步時，他感覺有人拍了拍他的肩膀。他驚訝地轉過身。

「您還記得我們嗎？先生。」

老人挑了挑眉毛，扶了一下眼鏡，做出否定且懷疑的動作。但蒙娜認出了這兩個人。

「記得！記得！就在弗蘭斯·哈爾斯的畫前！」

事實上，他們正是三個月前在畫作〈波西米亞女郎〉那裡偷偷聽亨利和蒙娜講話的那對年輕人。亨利終於想起了他們，他的皺紋舒展開來：

「當然！兩個不知道自己是不是戀人的戀人！在那之後，你們的想法有什麼進展嗎？」

兩人手牽手，一起露出同樣動人又憨傻的笑容。

「我們只是想感謝您，先生，」男孩補充道，「因爲上次聽您講話眞的是太棒了。不過我們不想再打擾您了。今天我們要去看美索不達米亞地區！」

蒙娜覺得這個詞對她來說太複雜了，沒有吸引力，雖然它確實讓她想到大型的厚皮動物。

「那麼，向帕祖祖[159]敬上一杯乾白葡萄酒[160]吧，」亨利輕聲對他們說，「我孫女和我跟哥雅有約。」

158 年輕的大衛（未來的以色列國王）與巨人歌利亞（Goliath）之間的戰鬥載於《聖經》裡。
159 帕祖祖（Pazuzu）是巴比倫神話中的風之魔王。
160 乾白葡萄酒指的是含糖量很少的白葡萄酒。

這幅畫展示的是放在素色木盤上被切成塊狀的動物身體，背景是黑色的，沒有任何裝飾。這幅畫的尺寸很小，只有四十五乘六十二公分，適合靜物畫及其平凡的主題。在構圖的左邊，側面朝右的羊頭安放在盤子上，眼睛張開，但眼皮似乎很沉重，口鼻下方的唇邊露出三顆牙齒。是因為頸部有切口的關係嗎？事實是，剝去部分的皮後，皮下組織依然在躍動，直到臉部的隆起處，而其餘部分儘管仍有一些血跡，但還是毛茸茸且呈米色的。兩邊胸腔呈現出中空且有肉質的內部，其中一側垂直置於畫作中央，與骨鞍相連，往上延伸至由七塊肋骨組成的方形肋排；另一側則擺在它後面。石榴紅、莧紅、紫色的色調讓肉塊看起來即使沒有變質，至少也變得有點暗淡。除了紅色的色系，還有時而略帶黃色或灰色的白色色調，這些顏色當然是用來描繪骨頭的，此外還用來描繪兩顆幾乎是膠狀、甚至可稱為球狀的腎臟，它們的脂肪上還附著一條糯米繩。這些都是用厚重的筆觸揮灑而成，目的是要讓草圖展現出顫抖的感覺，而不是終極的平靜。

才過了十分鐘，蒙娜就感到一股難以察覺的不自在，於是停止了觀察。她不知道該如何表達自己的尷尬。最後她不發一言，默默思索著爲何原本應該要頌揚美的繪畫，怎麼會以一個被切成三塊的可憐動物爲傲？亨利已經預料到會出現抵抗的情形。要讓一個如此年輕的靈魂眞正體會哥雅，是一個相當大的挑戰。

「首先，蒙娜，這幅畫被視作一幅靜物畫。這是一種通常被置於藝術最低層次的繪畫類型。當然，傳統上，我們認爲描繪靜止的物件和動物可以展現畫家的技巧，並揭露日常事物之美。另一方面，我們聲稱這種類型的繪畫無法傳達道德訊息與提升大眾的精神境界。哥雅極少畫這種畫，因爲這不符合他的憧憬，也不符合他在西班牙宮廷的地位，他是深受國王卡洛斯四世[161]和斐迪南七世[162]喜愛的大師。因此，雖然這幅靜物畫在他的職業生涯中很罕見，但它仍體現了非凡的原創性。」

「爺耶，你說靜物畫可以呈現我們周遭事物之美，但是這位藝術家卻畫了一些可怕的東西……」

161 Charles IV，西班牙文爲 Carlos IV，一七八八—一八〇八。
162 Ferdinand VII，一七八四—一八三三。

「這不是一般的靜物畫。妳覺得它是什麼?」

「唔,無從得知!但我想這是一個廚房,我們正要料理這些肉。」

她無奈地回答,缺少了慣常的好心情。

「這是有可能的。但是在這裡,就像屠夫說的,充其量只是初步的切割。因爲本來要烹煮成腰子的腎臟並沒有與骨鞍分開,骨鞍也沒有與方形肋排分開。最重要的是,哥雅在羊頭上勾勒了很細的黃色痕跡,表明柔軟的毛還留在肉上。根據輪廓厚度,另外兩塊也是如此。雖然只是推測,但它們似乎還覆蓋著皮膚。沒有先剝皮的羊肉塊既不衛生,也不健康。我們眼前的紅色獸肉當然是拿來吃的,但它也類似於人體碎塊。這是肉,還是屍體?這種模糊性一直存在。」

聽到這些直言不諱的言論,蒙娜更加不安了。因此,亨利猶豫著是否該中斷這次的討論。但他意識到,如果他的孫女有天會失明,她只會對史上最偉大的藝術家之一留下偏頗和可憎的記憶,於是他更謹慎地繼續講述這位畫家的生平。

「要理解哥雅,就必須謹記他的生平。在付出巨大的努力後,他成爲炙手可熱的人物,接到了許多重要的委託。他是君主們的肖像畫家,也是名聲顯赫的宗教畫家。然而,在四十五或五十歲左右時，他本應安於已經建立起來的聲望，卻驟然改變了方向。他開始探索人性的黑暗面。」

「發生了什麼事？」

「哥雅生於一七四六年。這個變化發生在他生了一場大病之後，大概是一七九二年，他在加的斯[163]染上瘧疾以後。當時他連續幾週發高燒、冒汗，差點死掉。他活下來了，但留下了嚴重的後遺症，失去了聽力。更糟的是，他的腦中出現了嗡嗡聲！他又聾，又被永無休止的嘈雜聲弄得筋疲力盡。」

「唉呀呀，所以他瘋了？」

「沒有，但是他的畫作更關注文明的陰暗和曲折。他開始推翻所有的古典或神聖準則。喏，妳看，這正是這幅畫所發生的事：在猶太人與基督教徒的傳統中，羔羊指的是代表信徒的羊群和彌賽亞的犧牲。然而，在這裡，牠被凶殘地肢解、褻瀆了。一般來說，如果人們早年過著紛亂喧擾的生活，他們會隨著時間而變得更理智，到了一定年紀就會想要更多

163 加的斯（Cadix）位於西班牙的西南部。

的舒適。哥雅正好相反，他有一個貧困的青春和動盪不安的成年。」

蒙娜不確定自己是否真的理解，但是她比平常更加好奇。亨利抓住她的肩膀，蹲下來，視線與她平齊，和她一起掃視那幅血腥的靜物畫，並用他最熱切的語調說道。

「哥雅的世界幻滅了。妳還記得我跟妳講過的啟蒙運動精神嗎？這位藝術家是它的狂熱信徒。他雖然忠於君主政體，卻同時與加斯帕．麥爾霍．德．喬維拉諾斯[164]、馬丁．薩帕特爾[165]等偉大的西班牙思想家過從甚密，他們都希望擺脫宗教的蒙昧主義、打破教條並鼓勵自由主義。但是這個追求進步的崇高憧憬遭到挫敗，畫家和他的朋友們對此也不得不感到痛惜。哥雅見證了它的邪惡影響，他看到了公平的理想如何證明**斷頭台**的合理性，還有大革命最終如何導致拿破崙的出現。」

「但是，拿破崙是個英雄，是吧？」

「這要看妳是站在哪一邊。對法國來說，他是英雄。但是對歐洲其他國家來說，特別是對哥雅而言，他則是個嗜血的征服者。一八〇八年五月三日，拿破崙最忠誠的軍官姚阿幸．繆拉[166]帶領軍隊，在馬德里未經審判就槍決了勇敢反抗當權者的西班牙人。妳想像一下，哥雅就在那裡，他對此感到極為痛苦，並在六年後畫下這場可怕的大屠殺[167]。至於我們的靜物畫，它正是在這段時期完成的，在一八〇八年至一八一二年之間。它被暴力所籠罩。此外，哥雅在流著血的羔羊臉上用小寫簽名，表明他與這顆可憐的頭顱合而爲一。他認爲自己是一個失去理智的人。最後妳檢視一下左眼下方明亮的白色部分。他讓那裡閃耀著光芒，就像有一層薄薄的淚水一樣。這幅畫躍動著一種荒謬和災難的氛圍。」

蒙娜一言不發，但內心感到無比困惑。她的祖父要她再靠近一點，仔細端詳這個彷彿用抹刀砌出來的繪畫筆觸。老人的聲音變得緩慢且溫柔。

「哥雅的畫告訴我們，怪物無所不在。它們隱藏在宗教裁判官、士兵、女巫、古老的信仰或現代的希望之中；在笑聲裡、在歌詞裡、在節慶上、在月光下、在白日裡。哥雅的畫告訴我們，無論發生什麼事，人性都會產生怪物，將來也會是如此，人性是一台夢魘機器。這很可怕，但是哥雅的畫也教我們要承認這一點，要清楚地指出我們的黑暗面。更好

164 加斯帕・麥爾霍・德・喬維拉諾斯（Gaspar Melchor de Jovellanos，一七四四—一八一一），西班牙政治家暨作家。
165 馬丁・薩帕特爾（Martín Zapater，一七四七—一八〇三），深具啟蒙思想的西班牙商人。
166 姚阿幸・繆拉（Joachim Murat，一七六七—一八一五），法國軍事家。
167 這幅畫是一八一四年完成的〈一八〇八年五月三日的槍殺〉（*El 3 de mayo en Madrid*）。

的是，一旦吸取了這個悲慘的教訓，它就會教我們創造自己的怪物來昇華它們，讓我們不再害怕它們。哥雅在他最著名的版畫中，畫了一個趴在寫字檯上的男人被夜行猛禽突襲，這幅銅版畫的西班牙文標題是『*El sueño de la razon produce monstruos*』[168]。『*sueño*』這個字很模稜兩可，它可以表示理性的沉睡會產生怪物，這是合乎邏輯的，因爲智慧中斷了，就會爲最糟糕的情況敞開大門。但是『*sueño*』也可以表示理性的夢想會醞釀怪物，從這個意義來看，大腦的憧憬（亦即它的理想）應該就是根據自己的幻想來創造怪物。現在，蒙娜，妳看看這個腎臟……」

「你說得對，爺耶，它們就像怪物！我們會以爲看到那塊肉長了眼睛……」

她用手把眼睛遮了起來。亨利沒有再說什麼。他想要保留她的這個形象，卻完全沒有意識到它的力量：「我們會以爲看到那塊肉長了眼睛。」它的節奏就像波特萊爾[169]的亞歷山大詩體。這就是詩。亨利想知道，是否該朝這方向去尋找蒙娜措辭中的傳奇祕密，也就是他在她的表達中感受到、卻無法定義的獨特性。但是他猶豫了。她宛如「小樂曲」般的措辭韻律的神祕之處並不在於矯揉造作，也不是隱喻的過分考究。他必須繼續調查和傾聽，這位祖父內心不無欣慰地接受了這一點。

離開時，他們都感到筋疲力竭。亨利從未讓他的孫女在面對一部作品時，受到如此大的挑戰，但是要進入十九世紀的*furia*[170]，這是必要的，他爲她和自己感到驕傲。不過，當他們在巴黎漫步時，他還是想要緩和一下他剛剛給這位西班牙畫家的創傷性形象。他要告訴她藝術家超愛吃巧克力，甚至吃到讓他不舒服。

「啊！我忘了告訴妳戈雅最喜歡的美食……」

「小羊肉？」

168 畫作標題〈理性沉睡，心魔生焉〉。
169 波特萊爾（Charles Pierre Baudelaire，一八二一—一八六七），法國詩人。
170 義大利文，「狂暴」的意思。

18

卡斯帕·大衛·弗里德里希

閉上身體的眼睛

18

Caspar David Friedrich

Ferme l'œil de ton corps

保羅安坐在椅子裡，雙腿交叉，醉倒了。他的上半身歪向一邊，頭靠著寫字檯，埋在雙臂之間。他的身體在舊貨店的中央畫出一道對角線，既像坐著，又像躺著。他的周圍瀰漫著痛苦的一天結束時的昏暗，自動點唱機流出的是大衛．鮑伊[171]的〈影人〉[172]。獨自跟他在一起的蒙娜想知道他會夢到什麼，但她很清楚他是醉到睡著了。保羅醒來後，看著腳邊的金屬瀝水瓶架，上面插滿了酒瓶。啊！這個瀝水瓶架，蒙娜最討厭的就是它。不得不說，這個小女孩熱愛動物，卻有刺蝟恐懼症。每當她到鄉村，一看到土石堆就以為那是刺蝟……。然而，人們卻用這隻無害的小野獸來稱呼那些土石堆。

她趁著父親打鼾時，心煩意亂地走在那些小物件之間。不知道為什麼，她走進店鋪後方的房間，在木箱裡翻找著，這些箱子裝著保羅自青少年時期以來收集的大量心型鑰匙圈。這個孩子受到幻想和某種突如其來且缺乏明確動機的狂熱所驅使，拿了大約五十幾個鑰匙圈，回到沉沉入睡的父親身旁。

171 大衛．鮑伊（David Bowie，一九四七—二〇一六），英國音樂創作者暨唱片製作人。
172 〈影人〉（Shadow Man）這首歌錄製於一九七一年。

蒙娜不是很喜歡電玩，不像莉莉和婕德玩得很凶。但是，她也知道很多電玩遊戲裡都有所謂的「終極大魔王」，也就是最後的敵人，它比其他敵人更強大，而且通常是最令人恐懼的。這個「大魔王」，如果我們想要擊敗它，就必須躲開它的攻擊，並用適當的技術發動猛烈的連擊。好吧，就這樣吧！蒙娜會挑戰這隻刺蝟，這就是她的大魔王！她沒有打擾萎靡不振的父親，而是小心翼翼地接近這個她討厭的瀝水瓶架，靠近它生鏽但鋒利的骨架、它的尖刺、它的利爪，還有掛在上面如同可惡的淋巴腺腫瘤的玻璃物品。然後，她全神貫注（彷彿她的生命就端賴於此），抓住每個瓶子的頸部或瓶身，把這隻怪獸的衣服脫掉。最後，她把從店鋪後方房間收集來的約五十個心型鑰匙圈掛了上去，用來替代那些尖刺。儘管它全面改觀，但在蒙娜眼裡，這個懸掛著一串器官的廢鐵架仍顯得很怪異。但是，她的恐懼消失了。更重要的是，她傳達給父親的訊息是美好的。

*

亨利選擇告知他的孫女，他們這次要欣賞的作品具備十九世紀特有的殘酷性和紛亂面，哥雅的靜物畫已經展現了這一點。蒙娜對此沒有任何問題，不過作爲交換，她要求祖父回答一個困難的疑問。

「當你以世上所有美好的事物發誓時，你會想到哥雅嗎？」

「當然會呀，爲什麼不會？」

「那，有時當你以世上所有美好的事物發誓時，你會想到我嗎？」

「也會啊⋯⋯。其實，當我這樣發誓時，我經常想到妳。」

「那麼，也就是說，以我的頭發誓，或是以牛的頭發誓，都是一樣的！」

「首先，這不是一頭牛，而是一隻羔羊，然後，不，這完全是不一樣的⋯⋯」

「啊，是嗎？那爲什麼我必須相信你，爺耶？」

「這個嘛，因爲我是以世上所有美好的事物對妳發誓。」

他在她的秀髮上輕輕一吻，蒙娜忍住了滿足的笑容。她吻了吻祖父那瘦骨嶙峋、與她交織在一起的手指，然後一起走向一幅尺寸跟上週差不多的風景畫。

我們位於一個墳頭的下方。仔細看，這個背景裝飾讓人有身處懸崖平台上的感覺，小丘的輪廓就像是一個緊鄰空曠空間的天然岬角。那裡有塊土地，地上長滿了青草和蕨類，看起來就像從嘴巴裡伸出的一條舌頭。它看起來也像一艘船，而我們就在船上，前方是高高翹起的船首，只不過這個船首是陸地突出的最高點。前景有一棵橡樹，在盤根錯節的樹根與枯枝之間蜿蜒，占據了很一大部分的畫布。乾枯的樹幹彎折扭曲，有好幾處斷裂，上面長滿青苔，彎曲起伏的樹枝上有盛開的花朵，還有成簇的紅葉隨風飄揚。畫作的左側有一根樹樁和一些新芽。因大氣透視的關係，遠景顯得很難察覺，那是一片無邊無際、蒼白且杳無人煙的空間，從中我們推斷出這幅畫呈現的是綠意盎然的鄉間，但考慮到藍色和紫色的色調，我們也可以說它通向大海。地平線位在畫作高度約十分之四的地方，被小丘的末端打斷了。在畫面左側的遠處，有兩個巨大懸崖標誌了這條地平線，由於距離遙遠，所以它們顯得很渺小。右側唯一能辨識的形狀如薄霧般透明，或許那是模糊的植被頂部。在它的上方，有一條橘色的雲帶位於構圖中央，逐漸變成淺黃色，將落日的憂鬱傾注到破碎的雲層中。最後，作為比例參考，大量的黑鳥增添了一點生命力和很多的象徵價值。某些黑鳥繞著樹木飛，有的停在樹枝上，其他則在晚霞上方的天空中成群遨翔。

蒙娜似乎能夠長時間保持專注。她現在已經很熟悉這項要求了。亨利最後打斷她的注意力，聲音沉穩得就像他爲哥雅做總結時一樣。

「這是卡斯帕·大衛·弗里德里希的風景畫。畫中只有大自然及草木等植被；那些動物是烏鴉；遠景的懸崖展現出強烈的礦物質感。我們也在那裡發現了四種元素的結合，就是土丘、火紅的天空、遼闊的海水、虛無的空氣。當然還有這棵光禿禿的樹，它的形狀和枝幹都在訴說著一場鬥爭。橡樹像閃電般彎曲，而且儘管它強力抵抗，但仍受到風力和季節變化的雕塑、變形與扭曲。還記得我跟妳講過的尼古拉·普桑，以及他那幅經典的阿卡迪亞嗎？這裡則完全相反。這棵樹體現了一個新的口號：*Sturm und Drang*[173]！這在德國的意思是『風暴與激情』，這個國家在十九世紀初誕生了浪漫主義。」

「我記得，爺耶，當我說那幅戀人的畫『浪漫』時，你曾糾正過我。」

「當我們去看根茲巴羅時？但那是因爲今日所謂的『浪漫主義』有點過於廣泛，涵蓋了所有我們覺得迷人和感傷的事物。」

173 狂飆突進運動（Sturm und Drang）誕生於一七六〇年代晚期至一七八〇年代早期，是古典主義轉向浪漫主義的過渡階段。

「就像爸爸和媽媽的燭光晚餐！」

「例如……我很愛妳的父母，所以這不是在侮辱他們……浪漫主義藝術家的企圖心比享受燭光晚餐的情侶更具顚覆性。他們捍衛的觀點是，個人可以完全按照自己理解的方式來支配他的生活，包括最暴力、最瘋狂的極端行爲，或是最致命的嗜好，而不必屈從於教會、君主或社會規範。他們也捍衛自然力量的回歸，無論這個力量是否令人不安，例如一群猛禽襲擊一棵瘦骨嶙峋的樹木，或是將這種力量視爲庇護所。」

「那麼，這個弗里德里希，如果他是浪漫派的，意思就是說他很孤單？」

「甚至可以說是憤世嫉俗。他曾說，爲了防止自己討厭人，他就避免跟人往來……。然而，如果我們以爲他完全與世隔絕，像是一個被詛咒的無名小卒，這是錯的。例如一八一〇年，他三十六歲時，在柏林藝術學院展出他最美的畫作之一，畫中描繪了一名修士在海邊的微小剪影[174]。這幅畫由皇帝腓特烈—威廉三世[175]本人購得。然而，除了少數例外，弗里德里希的作品在他生前並沒有像今日那樣獲得應有的認可。他的愛好者變得越來越少。喔！不過，在他去世前六年，偉大的法國雕塑家大衛．安傑[176]還是造訪了他位於德勒斯登的簡陋工作室……。這實在是微不足道的安慰！」

「爲什麼？」

「大衛．安傑意識到這絕對是一位非凡的藝術家。用他自己的話來講，他坦言這個人的畫作提供了『一種通往風景悲劇的旅程』。然而這並不夠。弗里德里希被遺忘了，他於一八四〇年悄然辭世。他在德勒斯登這座城市生活了大半輩子，但是五十年後，在這座城市的博物館裡，沒有人記得他的畫作，甚至連他的名字都忘了。他的作品被擱置在倉庫裡。然後，幸虧有一些堅持不懈的藝術史學家，讓他在死後又重新被發現，最後獲得了我們的讚譽。」

「這實在令人難過，因爲我們始終應該過著值得擁有的生活……」

「這幅畫中唯一的一棵樹象徵著他的命運，如同死亡之舞或網狀裂痕，弗里德里希的人生也被大量的創傷所侵襲。他在很小的時候就失去妹妹和母親，弟弟參加滑冰活動時，也在他眼前溺斃，但我們不知道當時是在湖上，或是在充滿水的溝渠裡。他深愛的出色作

174 這幅畫是〈海邊修士〉（*Mönch am Meer*）。

175 Frédéric-Guillaume III，德文是 Friedrich Wilhelm III，一七七〇—一八四〇。

176 David d'Angers，一七八八—一八五六。

家海因里希·馮·克萊斯特[177]於一八一一年自殺身亡，他最好的朋友在一八二〇年被歹徒殺死，他最喜歡的學生也於一八二二年去世，就是這幅畫完成的那一年。可以說，弗里德里希在五十歲之前就已經痛失不少親友，這樣的經歷深深影響了他的藝術作品。此外，如果土地在這幅風景畫中是隆起的，那是因爲這是一個墳頭，也就是一座墳墓。這並非是顯而易見的，想要理解這一點，我們就必須把畫翻過來。它的背面有作者手寫的一段文字，揭示了其祕密主題，表明這是一位匈人[178]戰士在德國東北部呂根島[179]上的墓地，匈人是中世紀的一個民族。這個紀念物是爲了紀念這位名字已被遺忘的英雄而豎立的。如今，它已融入大自然之中，被埋藏在土裡，消失在蕨類和高大的橡樹、無盡的天空、波羅的海的碎浪與成千隻貪婪的烏鴉之間。」

「你太誇張了，爺耶，牠們只有六十六隻……。而且你也可以看到左邊那裡畫了五個白點！我啊，我覺得那些是帆船。看看那棵樹，你說它是唯一一棵？但事實上，看起來好像有兩棵！」

「妳是說它旁邊那些樹幹？這只不過是枯木而已，蒙娜！」

孩子搖了搖頭。她不發一言，只是用手指頭在距離畫作幾公分遠的空中畫了兩個圓圈。她標出來的第一個圓含括了橡樹的輪廓；第二個圓比較小，包含了一個特定的區域，是由樹木形成的巨大迷宮。在朝右橫向延伸的長樹枝上，大約在中間，有一根垂直的分枝，這根分枝本身也在不斷分叉。亨利確實意識到，這個仍留著幾片葉子的分枝在走向和節奏上，與樹木本身非常相似。我們幾乎要懷疑遠景中是否還有第二棵橡樹複製了第一棵。蒙娜是對的。多虧了他的孫女，現在他辨認出了自己沒有注意到的這個明顯重複，他的目光自此再也無法從中移開。蒙娜的機敏讓他十分興奮。他本來想要繼續這個遊戲，進一步鼓勵她發揮這個她可能具備的非凡視覺感知能力，但是這樣就會背叛了弗里德里希……因爲他的畫作並不注重細節。因此，亨利放棄了這個讓蒙娜感覺自己是傑出觀眾、甚至是能取代大師的女藝術家的機會——至少這一次是如此。不，時機還不夠成熟。

「妳觀察到的每一件事眞的都讓我印象深刻，蒙娜，而且妳說得很對。但是，就像妳知道的，藝術家們都很奇怪……」

177 海因里希·馮·克萊斯特（Heinrich von Kleist，一七七七—一八一一），德國詩人。

178 匈人（Huns）是西元四世紀至六世紀左右在中亞一帶活動的游牧民族。

179 Rügen

「就是因爲這樣，所以你才那麼喜歡他們！」

「弗里德里希告訴那些想要追隨其道路的學生說：『閉上你身體的眼睛，才能先用心靈的眼睛來看你的畫作。然後將你在黑暗中看到的呈現出來，讓你的視角從內至外去影響他人。』妳明白嗎？他要求藝術家們創作時要閉上眼睛……」

「但是，想要畫畫的話，這似乎很難！」

「這確實是一個耐人尋味的悖論。而且不只如此。弗里德里希這段話的意思是，一旦藝術家捕捉到內在的視角並將之重新呈現在畫布上，那麼只有在一個條件下，藝術家才會被認爲是創作了一件偉大的作品……」

「什麼條件？」

「它能影響觀看者內在的眼睛……。不僅是他的視網膜或感官，還有他的靈魂深處。換句話說，蒙娜，要知道這幅畫是否爲眞正的藝術作品，而不僅僅是一幅畫，妳現在必須做的，正好與我每次要求妳做的相反。」

「意思是？」

「閉上眼睛！妳必須在妳心靈的錯綜複雜中留意一個視角、一個想法或一個震撼的出現，或者乾脆不去留意，這是只有〈烏鴉之樹〉才能帶來給妳的。」

蒙娜開始這麼做，幾秒後，一旦那些在我們爲自己製造的黑暗中短暫存在的色塊消失，一種非常混亂、擺盪在喜悅與悲傷之間的感覺讓她感到震驚。童年的棉絮在她體內慢慢被撕裂。而她發現這種痛苦就像深淵一樣誘人，更重要的是，這是無法用言語表達的。烏兒、樹木與黃昏所凝視的只是被忽略的悲痛，這些悲痛或許有一天會喊出自己的名字，但此刻仍是一個逐漸消失的陰影劇場。她進入了「風景悲劇」。

他們走出博物館。那天下午的天空很低沉，似乎要壓到地上，並將路人的身影籠罩在濃霧中。蒙娜想起了祖母，她搜尋著對她的記憶，但幾乎找不到，也不敢提出要求。我們知道沉默是多麼令人尷尬，但伴隨著亨利和他孫女回到蒙特伊的沉默卻非如此。交談被簡化了，孩子的手在老人的手中輕輕壓著，而老人也如此回應著她，奇蹟般地強調了這兩人對彼此的純粹存在。他們慢慢地在大街小巷之間走著。天空開始下雨。不過，亨利還是想知道。

「六十六隻烏鴉，所以妳眞的數過了？」

「其實，爺耶，」她膽怯地回答，「我看見牠們了……」

19
威廉·透納
一切終究只是塵埃

19
William Turner
Tout n'est que poussière

到主宮醫院回診時，蒙娜深感不安。然而，無論是她的脈搏、血壓、反應還是瞳孔的狀態，所有的指標都很好。上次檢查時，她表現出來的視覺敏銳度讓醫師印象深刻，他想要進一步檢查，還提到了一套專爲運動員、飛行員和軍人設計的軟體。這個程式透過在螢幕上的練習，來測驗個人觀察地形起伏、專注於物件、分析地貌、掌握色彩細微差異的能力。他建議蒙娜下次可以參加這項評估，她與馮·奧斯特醫師的會面就會變成一場遊戲。然而，有兩件她沒有說出來的事情一直困擾著她，讓她感到擔憂。第一件是她兩個月前聽到的那句「現在是五十／五十了」，她依然無從得知那是什麼意思，因爲她不敢問。第二件顯然是在她父親店裡發生的短暫失明，但因爲擔心後果，所以她沒有告訴任何人。她強迫自己保持沉默，但如今看來，這就像是一個古老的謊言。蒙娜被這個心理上的破傷風所癱瘓，無法承認自己舊疾復發；她不覺得自己能夠維持一個過於樂觀的看法，包括參加那些可能證明她有非凡視力的測驗，因爲這樣的結論跟她的經歷不符。她有些不知所措，但爲了保全面子而笨拙地笑了笑。可是她的母親沒有上當。醫師用雙手捧住蒙娜的臉頰，試圖直視著她的雙眼來讓她安心，但她閉上了眼睛。

「可以嗎？」他探試著問道。

「好。」她嘆了口氣，眼睛依舊閉著。「我想我可以試試……」

「好！那下次我們就在電腦上幫妳做一些測驗。」

「其實，我是在講另一件事。」

「啊？哪件事？」

蒙娜睜開雙眼。她看看母親，然後又看看馮．奧斯特。她告訴他們，她覺得自己已經準備好要嘗試催眠了。

「這個啊，」醫師評論道，「這不是好消息，這是一個非常大的進步！」

卡蜜兒對此吃驚不已。剎那間，她又想起很久以前醫師提出這項嘗試的那一刻，她重溫了蒙娜的不信任、保羅的激烈拒絕、她自己謹慎的沉默。實際上，雖然她什麼都沒說，但她一直非常贊成這個想法，科學方法跟非理性的結合與她很相似。然而她明白，只有蒙娜才能做決定。她眞想知道這個突如其來的自信到底從何而來。這個孩子果然遺傳了她母親的個性！但是，在這個情況下，這位母親也想到了孩子每週三去看的那位神祕的心理醫師。卡蜜兒願意相信，他顯然改變了孩子的想法。

*

蒙娜還不知道，三月的這個星期三是她最後一次與她的「爺耶」一起造訪羅浮宮，而已經開始懷念這些時刻的爺耶，臉色則有點陰沉。他帶著刀疤的面容與約瑟夫·馬洛德·威廉·透納驚人的火光畫面形成強烈的對比，這幅畫是啟蒙第一階段的終點。

這是一片風景，但彷彿蒙上了一層透明的霧氣。它極其明亮，四周充滿了暖色系的色彩。前景描繪的是一小塊土地，沒有任何的綠色或棕色的筆觸，其輪廓是用黃色和橙色模糊勾勒出來的，完全沒有精確的構圖。這一小塊土地的左邊隆起成一個小丘，丘腳有幾個紅色小點，暗示那裡模糊地躺著一個人形。它的右邊同樣是隆起的，但可以比較清楚地辨識出兩根樹幹和葉片，雖然它們被框架截去了一段。大約在這片土地的中間，有一條略微彎曲的小徑從畫作底部向深處延伸，很快就消失了，被一塊飽和的褐色區域擋住，這片區域可能是象徵一塊陰影中的岩石。順著小徑看過去，遠處有一條河蜿蜒流向匯合處。這條河在一個低矮的山谷中形成兩個轉彎處，第一次向左，第二次向右。從第一個轉彎處的末端開始，令人想到水波的灰藍色色調幾乎融入極為淺淡的含羞草黃之中，接著在更遠處重新出現，象徵著這是一片水域，似乎（但不確定）與右側地平線上的一小塊土地相接。雖然這條線的確切位置因顏料塗層的影響和缺少構圖而不明確，但仍將畫作分成兩個大致相等的部分。上半部是一大片的半透明雲霧，我們可以想像這是懸著的卷層雲，它占據了整個空間，但沒有完全遮蔽它，右上角可以看見雲層消散後的一小角穹蒼。

蒙娜在這幅讓人聯想到風景的畫作前動也不動地待了二十二分鐘，她一看到這幅畫，就感到一陣欣喜若狂的悸動。

「太美了，爺耶，」她感動不已。「這應該是沙漠吧？」

「是的，看起來是這樣，因爲線條和構圖完全不存在。色調鮮豔的油畫顏料被大量稀釋，再用布或海綿輕拍上去，使整體呈現出沙質的外觀。我們可以清楚辨認出一棵樹，但對於藝術家本來至少會描繪的那些建築物則完全沒有概念。實際上，這個地點根本不是沙漠，而是威爾斯地區茂盛青翠的風景，是威河與塞文河[180]的匯合處。如果地理上是可信的，那麼理論上，切普斯托城堡[181]的中世紀廢墟應該可以在山谷右側見到。它的雉堞輪廓被透納狂暴的金黃色顏料淹沒了！」

「也許他作弊，因爲他對於怎麼畫它們也一無所知，對吧？」

「不，他沒有作弊。如果他願意的話，他可以毫不費力地將這座城堡放在這個空蕩蕩的背景中央。此外，他在這幅風景畫的其他版本中就這樣做了。妳要知道，透納在很年輕的時候就表現出非凡的繪畫才能。他出身卑微，但他的父親注意到了他的才能，而且小威廉在青少年時期，就在家族的商店中展出自己的作品，並大獲好評。當時的他並沒有比妳大多少，但他甚至已經在跟建築師合作了，任務是根據設計圖畫出未來的建物，以鼓勵客戶投資。威廉非常有才華。他是那麼有天賦，甚至在十四歲時就加入皇家學院，二十六歲就成爲其中一員。這已經創下紀錄了！」

「其實，當他開始進行藝術創作時，他和根茲巴羅的起點有一點像。」蒙娜注意到這一點，並對這個比較感到自豪。

---

180 威河（Wye）與塞文河（Severn）位於英國威爾斯地區。

181 切普斯托城堡（château de Chepstow）是英國現存最古老的石頭防禦城堡，時間可追溯至古羅馬時代後期。

「沒錯。但他們不太有機會相遇，因為根茲巴羅死於一七八八年，而透納是在一七七五年出生的。不過，他們之間有一些共同點，最重要的是，他們都有勇於實驗的精神。當時，在喬治三世統治下的英國，『自由』完全不是一個理所當然的概念，人們必須具備某種性格才能夠展現、維持和運用這個概念。此外，喬治．霍蘭德．博蒙特[182]曾批評他在色調和光線的運用上過於自由。博蒙特是透納那個時代最有影響力的批評家之一。儘管今日我們認為藝術家可以做他想要做的事情，但並非一直都是如此。」

「透納在這裡做了什麼壞事？」

「他沒做什麼壞事，不過他大量使用鉻黃，這是一種在十九世紀初販售、非常豐富且多變的顏料。透納對黃色極為著迷，這是他的迷戀和執著。他的畫作閃爍著琥珀色、赭石色、錫耶納土色，有時還會從棕色逐漸變成黃褐色。他的偏執引來眾多嘲笑，例如有一名插畫家以漫畫手法描繪他站在畫架前，腳邊放著一隻大掃帚和一罐黃色顏料！還有這個近乎半透明的亮度，尤其是河流的起點及其白色的反光，這是因為透納打破了慣例，他用的是淺色背景的畫布，而不是暗色的。」

「跟我說說這個光線，爺耶……」

「透納對物理科學充滿好奇，因此會持續關注光線知識的發展。他也欣賞並模仿十七世紀的法國畫家勒洛蘭[183]。勒洛蘭熱衷於描繪熾熱陽光下的風景，彷彿他想要讓觀眾感到炫目。在此，大自然同樣被陽光照亮，但最重要的是，透過黃色的閃光，它似乎試圖從畫中衝出來照耀我們，對，就是我們！透納有一個瘋狂的野心，就是讓我們感受到元素的流動與其強度，這個強度可以媲美我們直接接觸這些元素時的感受。」

「啊！他其實是想要讓我們感受大自然，就好像我們身處在大自然之中？」

「是的。就像當我們步行於其中，或甚至當我們航行在暴風雨中！傳說他曾緊抓著船桅，在巨浪和颶風中觀察龍捲風中心的流體動態。一旦他經歷過這種冒險，他就能透過描繪龍捲風和海難來讓他的觀眾具體感受到洶湧的波濤。所以，天知道他是否爲了畫我們眼前的風景而冒著巨大的危險……」

「這個透納比你更有冒險精神，爺耶！」

182 喬治・霍蘭德・博蒙特（George Howland Beaumont，一七五三—一八二七），英國藝術贊助家暨業餘畫家。
183 Louis-Joseph Le Lorrain，一七一五—一七五九。

「他每天不停地走上數十公里，只爲了尋找強烈的感受，就像我們上週提過的 *Sturm und Drang* 風格。他輕裝旅行，只帶了水壺、舒適的鞋子，還盡可能地攜帶了很多畫冊；他不畏天氣，四處行走，無論是英國的鄉村、阿爾卑斯山或是威尼斯……。這就是他追求**崇高**的方式，這種情感超越了美感，讓我們感受到人類在面對宇宙力量時的渺小。」

亨利想起韋納・荷索[184]這位《天譴》的導演，這部電影的開場鏡頭呈現的是馬丘比丘及其雲霧繚繞的山嶽，形成了一幅媲美弗里德里希或透納作品的畫面。一些嚮往製作電影的人問這名德國導演，應該接受什麼樣的訓練才能追隨他的腳步，他回答說：「與其花三年去讀電影學校，不如行走三千里……」透納無疑是明白這一點的，亨利如此告訴自己，並用更柔和的聲音繼續解釋。

「我們來看看天空的處理方式，它霧氣迷濛；而在地平線上，一切則模糊難辨，導致陸地、水面和大氣之間幾乎沒有區別。構圖的左側尤其引人注目，甚至讓人聯想到海市蜃樓這個光學現象。爲了理解光線在大氣中的傳播，透納研究了數十年。他同時在紙上用水稀釋過的顏料畫水彩畫，也在畫布上用濃稠的油畫顏料作畫。儘管水彩在藝術界被視爲一種非常次要的技巧，但他不僅讓水彩獲得了認可，還將它所有的潛力轉移到油畫裡，尤其是它的流動特性。」

「所以在這裡，爺耶，這就像是一幅用油畫顏料畫成的大型水彩畫！」

「是的，就是這樣！現在注意一下，透納是在晚年完成這件作品的，而且沒有日期，也沒有簽名。透納從未展出這幅畫，我們是在他死後，才在他的工作室裡找到的，同時還找到其他類似風格的畫作。不過這仍引發了一些疑問。也許他真的希望這件作品與他眼前所見的有很大的不同，但是由於缺乏能清楚證明其意圖的文件，所以我們必須相當謹慎地說，也許這件作品只是尚未完成……」

「可是，爺耶……爲什麼我們會這樣懷疑？但是，我們應該還是能好好欣賞它吧？你說的話很奇怪。我啊，我萬分確定他想要他的畫就完全是這個樣子。」

「我同意妳的看法……。但是要記住，我們在看一幅古老的畫作時，絕無可能假裝對它後來發生的事情一無所知。透納於一八五一年過世，他無法預知自己死後會發生什麼事

184 韋納・荷索（Werner Herzog，一九四二—），是德國新浪潮的重要成員之一，《天譴》（*Aguirre, la colère de Dieu*）是他於一九七二年執導的一部獨立電影。

情。但是妳和我，我們知道。而這數千件的作品與數百萬後來的圖像，至今仍以回顧的方式在影響我們的判斷。」

蒙娜完全無法理解。她覺得自己就像那位藝術家一樣，在暴風雨中緊抓著船桅，追隨著她祖父紛亂激動的言論。這實在是太困難了。

「透納之後發生的事情，」亨利繼續說道，「讓我們能以不同於他同時代人的眼光來看待他，而我們所知隨後的藝術史，促使我們去思考這幅畫並不單純是一幅草圖，而是成品。妳以爲妳對藝術史一無所知，蒙娜。但就在此時此刻，妳對透納的正面見解有部分來自十九世紀的一幅畫，那幅畫是在他死後很久才創作的。妳非常清楚那幅畫的每個細節，但透納並不知道那幅畫。而那幅畫會讓妳對透納的評價就像妳對那幅畫的評價一樣。」

「但是，爺耶，這是絕無可能的！」

「爲什麼？」

「因爲我們一起看過的作品年代都是在這幅畫**之前**！」她感到很惱火。

「而我，我會回答妳說，有一件作品是妳很熟悉的，它能讓妳愛上這幅完全模糊的風景畫，還會讓妳感到熟悉。」

「我倒覺得我喜歡它，是因爲它有點像某些我們已經看過的畫作，但還有……（她一時不知道該用哪個形容詞）。那個紅色的小人影，它像是在各種色彩中的一個斑點，或者就像你說的，是一堆灰塵。」

「我不記得我有說到灰塵，蒙娜。灰塵是妳講的，而且妳說得對。因爲事實上，這就是透納的畫作要告訴我們的：一切終究只是塵土，一切都只是飛揚的粒子。所以妳看，妳是知道的！」

「唔。」

「妳會想起來的，相信我。」

蒙娜對此表示懷疑。

他們離開羅浮宮，回到了蒙特伊。孩子緊緊擁抱了祖父，然後衝進她的房間，撲倒在床上，因爲這個星期三讓她感到疲倦。牆壁輕輕地搖晃，她的身體和精神也放鬆了。她思考著，然後不想了，但接著又開始沉思。她弓著背，仰頭看著守護她的那張奧塞美術館的點畫派海報。

「秀拉！」她低語道。「爺耶是對的！」

Cet ouvrage, publié dans le cadre du Programme d'Aide à la Publication « Hu Pinching », bénéficie du soutien du Bureau Français de Taipei.

本書獲法國在台協會
《胡品清出版補助計畫》支持出版。

蒙娜之眼 . I, 羅浮宮／湯瑪士・謝勒斯 (Thomas Schlesser) 作；李沅洳譯 .--初版 .-- 臺北市：時報文化出版企業股份有限公司，2025.07
272面；14.8×21公分 .--（藍小說；369）
譯自：Les yeux de Mona
ISBN 978-626-419-582-9（平裝）

876.57　　114007452

藍小說369
蒙娜之眼 I —— 羅浮宮／Les Yeux de Mona —— Louvre
作者—湯瑪士・謝勒斯（Thomas Schlesser）
譯者—李沅洳　特約編輯—Sage、陳詩韻　美術設計—平面室　校對—簡淑媛
行銷企劃—鄭家謙　版權—楊弘韻　副總編輯—王建偉
董事長—趙政岷
時報文化出版企業股份有限公司
108019台北市和平西路三段240號4樓
發行專線—02-2306-6842
讀者服務專線—0800-231-705・02-2304-7103
讀者服務傳真—02-2304-6858
郵撥—19344724時報文化出版公司
信箱—10899台北華江橋郵局第99信箱
時報悅讀網—http://www.readingtimes.com.tw
電子郵件信箱—ctliving@readingtimes.com.tw
藝術設計線 FB—http://www.facebook.com/art.design.readingtimes・IG—art_design_readingtimes
法律顧問—理律法律事務所　陳長文律師、李念祖律師
印刷—勁達印刷有限公司
初版一刷—2025年7月4日
定價—新台幣480元

ISBN 978-626-419-582-9
Printed in Taiwan

時報文化出版公司成立於一九七五年，並於一九九九年股票上櫃公開發行，
於二〇〇八年脫離中時集團非屬旺中，以「尊重智慧與創意的文化事業」爲信念。